「これからよろしくね！」
「マネージャーとして私に色々教えてください！」
相崎優香（アイちゃん）
［あいざき・ゆか］
大人気声優になって、奏太と結婚する

（ネネさん）
佐伯寧々
［さえき・ねね］
セクシーな
女性声優
「お疲れ様。私たちの演技はどうだったかしら？」
「だ、ダメッ！それは絶対にダメー！
奏太は私のマネージャーだもん！」

「先輩にマネージャーして
もらいたいです！」
「すごくよかったです！」
（リンリン）
鳴海凛音
［なるみ・りおん］
ぼっちな子犬系
声優
志堂奏太
［しどう・かなた］
声優好きの
陰キャオタク

「気にしない気にしない！
とにかく今は楽しみましょう！」

「きゃっ!? 冷たいです!」
「ちょっとネネさん!? なにするの――!」

「そろそろしましょうか……？　キス……」

「ちょっ、ダメだってアイちゃん！」
「好きですよ……。ん――……！」

「あなたにだけは、ずっと応援していて欲しいの……！」
「だって私は……あなたが好きだからっ！」

人気声優とイチャイチャして結婚するラブコメ

浅岡 旭

ファンタジア文庫

3116

口絵・本文イラスト　ベコ太郎

人気声優とイチャイチャして結婚するラブコメ

目次

CONTENTS

プロローグ

二〇二五年、六月。

国際展示場のイベントホール内の熱狂は、ピークに達しようとしていた。

「みんなー！　盛り上がってるかなー⁉」

『わあああああああああああああああっ！』

センターに立つ相崎優香《あいざきゆか》――通称アイちゃんの問いかけに、何百人もの観客が応じる。

今日は、彼女がヒロインを演じるアニメ、『君と見た空』の第二期記念イベントだ。

ここにいる観客たち全員にとって、アイちゃんは憧れの存在である。今、最も多くのアニメに出演し、あらゆるイベントに引っ張りだこ。ＣＤを出せば月間売上一位を叩《たた》き出すトップ声優。それが彼女なのだから。

実際、舞台上には他の人気声優もいるが、アイちゃんへの声援が一番大きい。

そして、アイちゃんのマネージャーを務める俺――志堂奏太《しどうかなた》は、彼女がイベントを進める様子を舞台袖から眺めていた。

「それじゃあいよいよ、今日のメインイベント――！　スペシャル映像をご覧いただいちゃいましょー！　なんと！『キミゾラ』二期を、先行公開しちゃいまーす！」

『いええええええええええええええいっ！』

アイちゃんの発表した嬉《うれ》しい知らせに、再び観客たちが沸く。

「しかも、ただ流すだけじゃないよー！　ここにいるメインキャストの我々で、公開アフレコもしちゃいます！　皆《みんな》ー、一緒に頑張ろうね！」

アイちゃんの呼びかけに、出演声優たちが答える。

「もちろん！　アイちゃんには負けないよ～！　今日はここにいるアイちゃんファン全員私が奪っちゃうからね～？」

「あはは。ネネちゃん、それは無理だよー。私のファン、全員訓練されてるもん。私以外には見向きもしないよ？」

「うう……自分は、不安です……。うまくできるかな……大丈夫かな……？」

「リンリン、大丈夫！　心配しないで！　いつもの練習通りやれば――って、リンリンはいつもリテイク多いかー」

「もーっ！　アイちゃん、ひどいよ～！」

コミカルな声優同士のやりとりに観客たちから笑いが起きる。

いい感じで会場が温まってきた。その瞬間を逃さずに、アイちゃんが堂々と宣言する。

「それじゃあ、そろそろ行っちゃいましょう！　公開アフレコ、開始で〜す！」

※

数時間後。『キミゾラ』イベントは大盛況でエンディングを迎えた。諸々《もろもろ》の片づけを終えた俺は、アイちゃんの楽屋で彼女が来るのをじっと待つ。

するとほどなくして扉が開いた。

「あっ、マネージャー！　ここにいたの⁉」

やり切ったというすがすがしい笑みを浮かべ、室内に飛び込んでくるアイちゃん。そして彼女は、まっすぐ俺に抱き着いてきた。

「マネージャー、今日もお疲れ様でした！　あー、すっごく緊張したよー！」

「お疲れ、アイちゃん。今日のステージ、すごくよかったぞ。公開アフレコも上手《うま》くいったし、お客さんも皆喜んでた」

「本当に⁉　よかったー。でも、全部マネージャーのおかげだよ。マネージャーが準備とか演出とかで色々アドバイスをくれたから、私たちが全力を出せたんだもん」

「いや……俺は大したことはしてないよ。うまくいったのは、全部キャストであるアイちゃんの働きがよかったおかげだ。そこは自信を持っていい」

「そ、そうかな……？　えへへっ……。そこまで言われると、照れちゃうかも……」

頬を赤くし、はにかむアイちゃん。俺はそんな彼女に「よくやったな」と言い、頭を優しく撫《な》でてやる。すると彼女は、不意に耳元へ顔を寄せてきた。

「それじゃあ……。頑張った私に、ご褒美《ほうび》くれる……？」

「ご褒美……？」

「うん。いいでしょ？　お願い、マネージャー」

そう言い、目を閉じて少しだけ口を突き出すアイちゃん。

その仕草で、彼女の望みはすぐに分かった。アイちゃんの肩にそっと触れて、静かに彼女と唇を重ねる……。

「んっ……。えへへ……ありがと、マネージャー——ううん……奏太……♪」

恥ずかしそうにしながらも、俺を見て破顔するアイちゃん。

いや、もう優香と言うべきか……。今は声優としての彼女じゃなく、一人の女性として接してあげたい。

俺の恋人の、女性として。

「なぁ、優香……ご褒美、これだけじゃ物足りないだろ？」

「え……？」

いきなり発した俺の問いに、優香がキョトンとした顔になった。

「実は今日、もう一つ用意してあるんだ。俺から、頑張った優香へご褒美……」

「本当に⁉　やったー！　何だろう⁉」

瞳を輝かせる優香。俺はそんな彼女を前に、唐突にその場で跪《ひざまず》いた。

「あれ……？　か、奏太……っ？　どうしたの……⁉」

突然の行動に、優香がぎょっと目を開く。

それに構わず俺は話し始めた。

「優香……イベント、本当にお疲れ。その頑張りを称《たた》えて、これを俺から贈りたい」

そして俺は彼女に跪いたまま、ポケットから小さな箱を取り出した。さらにその蓋をパカッと開き、優香の方へと差し出していく。

中に入っているのは――指輪。正真正銘、ダイヤの指輪だ。

「優香……頼む。受け取ってくれ。これが、俺の気持ちだから……」

「え……うそ……？　これって、つまり……！」

優香が俺の顔を見つめる。何かを確認するように。

その眼差《まなざ》しに、俺は頷《うなず》く。

「相崎優香さん……俺と、結婚してください！」

指輪を差し出したまま、頭を下げる。正真正銘のプロポーズ。

今日のイベントが成功したら今度こそ申し込もうと思い、とうとう覚悟を決めたのだ。

そんな告白に対して、優香は——

「…………」

すぐには言葉を返さなかった。

「……優香……？」

不安になり、思わず顔を上げる俺。すると彼女は——泣いていた。

「ゆ、優香っ……!?」

どうしてだ!? もしかして、泣くほどプロポーズが嫌だったのか!?

そう思い、どうしようかと立ち上がった直後。優香がまた俺に抱き着いてきた。

「奏太……ありがとう……！ 私も好き……！ 奏太のこと、本気で愛してるよ……！」

「ゆ、優香……！ それじゃあ——」

「うん……私たち、結婚しよう……？」

その言葉に、これまで感じたことが無いほどの強い幸福感が満ちた。幸せのあまり、思

わず叫び出しそうになる。

「ねぇ、奏太……。せっかくだから、はめてもらってもいいかな？　指輪……」

「あ、ああ！　もちろんだ！　じゃあ、左手を……」

「うん……。ありがとう。お願いね……？」

差し出された左手に、優しく触れる。そしてゆっくりと、婚約指輪を薬指へと通していく。この、人生で最も大切な時間を一緒に噛《か》みしめ合いながら。

ああ……。これで俺は、ようやく彼女と結ばれるんだ……。

思えばこれまで、本当に色々なことがあった。新人声優だった彼女と出会い、ここまでお互いに成長するまで、様々な苦難を乗り越えてきた。

きっとそんな大変な日々を共に歩んできたからこそ、こうして優香と――俺が昔から好きだった、推しの声優である彼女と、相思相愛になれたのだろう。

気づけば俺は、彼女に指輪をはめながら、二人の過去を思い出していた。

第一章　推しとの出会いは突然に

二〇二二年、六月。アニメ研究会の部室は、今日も活気に満ちていた。

『食らいなさい！　必殺、爆裂魔法弾《プリティブラスター》！』

『うおおおおお！　いっけ——茉莉花《まりか》——！』

アニメ、『魔法少女マジカ☆マリカ』の山場である、最終話のバトルシーンを観《み》ながら、俺と後輩の鳴海凛音《なるみりおん》は揃《そろ》って大きな声を上げる。

画面内では最後の力を振り絞って魔法少女に変身したこの作品の主人公、茉莉花が、お決まりの必殺攻撃魔法を敵の怪人に向けて放ち、地球の危機を救っていた。

「いやー、やっぱり『マジ☆マリ』はいいな！　この爽快感、何回見ても飽きないぜ！」

「ですよねですよね！　これだけ手に汗握るバトルシーンが楽しめるアニメは、最近他にないですよ！　それに戦闘描写でチラ見えする茉莉花ちゃんの可愛《かわい》い下着……ハッキリ言って、シコいです……！」

「分かる！　あの熱さとエロスがこの作品の魅力なんだよ！　ヤバい、語ってたら興奮してきた……！　早く第二期やらないかな……」

「楽しみですよね！　まだ情報は出てませんけど、その時を信じて全裸待機します！」

凜音が目を輝かせながら俺の意見に賛同する。

うん。やっぱりこの子とは意見が合うな。女の子でここまで俺の趣味に食いついてくる子はそういまい。そもそも、このアニメ自体バキバキの男向けアニメだし。

「それにこの作品は声優さんもいいんですよ！　茉莉花役の猫山亜紀《ねこやまあき》さん、本当に綺麗《きれい》な声をしてますよね！　透明感溢《あふ》れるこのボイス、ヒロインにぴったりだと思います！」

「確かにそうだな。さすが前の人気声優大賞で主演女優賞を獲《と》っただけある。……だが、同士凜音よ。この作品の声優について語るなら、外せない人がいるんじゃないか？」

「外せない人……？　誰ですか……？」

「ズバリ、俺の推し！　相崎優香《あいざきゆか》ちゃんだ！」

相崎優香。通称アイちゃん。『マジ☆マリ』内では、宮永加奈《みやながかな》というサブキャラの魔法少女を演じている。まだデビューして二年の新人声優で、可愛らしく甘い声が特徴だ。

「アイちゃんが演じる宮永加奈ちゃん、ホント可愛い。マジ天使。性格も優しいし、臆病なのに仲間のために一番前に立って戦う姿は、なんかもう黙って抱きしめたくなる」

「確かに先輩、やたらと加奈ちゃん推しですもんね。でもこの声優……調べてみたら、仲び悩んでるみたいですよ？　『マジ☆マリ』に出たのが今から半年ちょっと前ですが、それ以降活躍はありません。『マジ☆マリ』にしたって、比較的マイナーな作品ですし。その他のも、モブ役で出てるだけですし……」

「おい、やめろ！　不吉なことを言うな！　今はまだ充電期間なだけだ！　きっと来期のアニメでは、また元気な声を聞かせてくれるさ！」

確かに、推しの出番が長いこと無いとものすごい不安な気持ちになるけど！　でも俺は信じてアイちゃんを待つぞ！　オタクにできるのは推しを信じることだけだからな！

「とにかく、俺の最推しはアイちゃんなんだ！　よし。せっかくだから、凜音にもアイちゃんの良さを教えてやろう！　というわけで、『マジ☆マリ』マラソン、再走だ！」

「え？　また一話から観るんですか？　最終話観終わったばっかりですよ？」

「問題ない！　アイちゃんが喋《しゃべ》ってるシーンだけをピックアップして流すから。具体的にはとりあえず、第三話の開始から十八分二十二秒地点、加奈ちゃんの登場シーンだな」

「いや、よくそこまで覚えてますね！　どんだけアイちゃん好きなんですか⁉」

「当然だ！　推しの出るシーンは何十回も繰り返し見てるし。凜音だって、推しキャラの活躍する回はBDが傷むほど観てるだろ？」

「それはまぁ……一日五回は観ますね。はい」

「さすがは凜音！　それでこそ同士だ！」

「まさかこんなことで褒められるとは……。でも、先輩の仲間なのは誇らしいです！」

「よし！　それじゃあ一緒にアイちゃんの声を研究するぞ！　これもアニ研の活動だ！」

「はい、部長！　了解です！」

まぁ、アニメ研究会と言っても、普段から凜音と一緒に好きなアニメを観ているだけで、部活っぽいことはしてないんだけど。去年先輩たちがいた頃は、自分たちで下手くそなアニメを作ろうとして挫折したり、アニメ関係の論文を書いてネットに出そうとして挫折したりと、まだマシな活動をしてたんだけどな……。

ただ、俺も彼女も今の活動で満足している。誰かに迷惑をかけているわけでもないし、好きなだけ今を楽しむとしよう。そう開き直り、再び二人でアニメを観る。

『私は加奈！　新しい魔法少女です！　必殺、恋愛大旋風《イノセントハリケーン》！』

『怪人め……絶対に許しません！　私があなたを倒してみせます！』

『後悔なんて……ありません……。私は……皆《みんな》のことが、好きですから……』

「俺も好きだよ加奈ちゃ――――ん！　愛してるー！」

「先輩、本当に好きですね。でも、確かに可愛い声です。別キャラの演技も観たいです」

「そうなんだよ！　マジ、そうなんだよ！　あ～！　早くまたアイちゃんの声聞けないかな～。それが駄目なら、せめて付き合えないかなぁ～！」

「いや、ムリムリですよ。そんな、声優と付き合うとか。知り合うことも不可能ですし」

「まぁ、だよなぁ……。現実的に無理だよなぁ……」

「代わりに、私が一緒にアニメマラソンしますから。それで満足してください」

「そうだな……。女子と一緒に作品について語れるだけで幸せか……」

こんなに趣味の合う後輩を持てるなんて、それだけでかなりツイてるもんな。

そして俺たちはいつも通り、最終下校時刻になるまでアニメ鑑賞を楽しんだ。

※

凜音と別れて、下校する途中。

俺は帰宅する前に、駅の近くの繁華街へと足を運んだ。談笑しながら歩く学生や仕事を終えたサラリーマンたちが行き交う中を縫うように歩き、路地裏の一つに入り込む。

そして、その先にある小さな書店に足を踏み入れた。

「すみませ～ん。誰かいませんか～？」

本棚の立ち並ぶ狭い店内を見渡しながら、店の奥へと声を張る。すると――

「あら、奏太《かなた》君。いらっしゃい」

バックヤードから見慣れた女性が現れて、小走りで俺の前にやってきた。

綺麗で大人びた顔つきの女性。長い黒髪や地味目な眼鏡が、清楚《せいそ》で落ち着いた雰囲気を演出している。その割にスタイルは良くて、胸が大きくムッチリと膨らんでいた。

「やっと来てくれたのね、奏太君。今日はもう寄ってくれないのかと思ったわ」

「そんなことありませんよ、寧々《ねね》さん。夕方行くって連絡入れたじゃないですか」

佐伯《さえき》寧々さん。このお店、『つばさ書店』の店主の娘で、この時間はいつも店番をしている。年は俺より一つ上で、何かと可愛がってもらっているのだ。ちなみに、俺と同じ高校に通う先輩でもある。

「ところで、例のブツはもう入荷していますか？　今日が発売日でしたよね？」

「ええ、もちろんよ。はいどうぞ」

寧々さんが俺に本を渡す。タイトルは『クーデレ上司に甘やかされるだけのお仕事』。

「ふふっ。お目当てのものはこれでしょう？」

「はい！　これです！　ありがとうございます！」

本を受け取り、表紙に描かれたテレ顔を浮かべるクーデレヒロインを見てにやける。

よかった～！　無事に手に入った！　これを読むのが今日一の楽しみだったんだ……！

「喜んでもらえて良かったわ。──あ、それよりも。今月の売上げ、すごくいいわよ。奏太君がオススメしてくれた商品を、多めに入荷したおかげでね」

「あっ、本当ですか？　お役に立てて良かったです」

俺は時々、新刊の入荷数についてなど、陳列する商品のことで寧々さんの相談に乗ることがある。と言っても、俺の好みやネットの評判をそのまま伝えてるだけだけど。

「それで、次に発注する分も相談したいんだけど……何か売れそうな作品はある？」

「そうですね……。次の新刊で鉄板なのは……『恋愛シェアリング』の新刊ですね。あの作品、前期にやっていたアニメが良くて、人気がかなり上がってますから」

「あ！『恋愛シェアリング』、良かったわよね！　私も、アニメでファンになったわ」

目を輝かせ、寧々さんが予想外のところで喰《く》いついた。

「寧々さんも知ってたんですね？　このアニメ、話も作画もかなり繊細でしたよね」

「ええ。恋愛ですれ違い続けるキャラの心情が、すごくリアルに描かれていたわね」

「あと、声優さんも良かったですよ。それこそキャラの心情を痛々しいほど表現してて」

「え……!?　せ、声優さん……？」

寧々さんが、なぜか急に反応を鈍らせた。

「あれ？　あまり注目してなかったんですか？　あの作品、声優さんの演技もかなり光ってましたよ！　特に、サブヒロインの姫木《ひめき》を演じる、江崎《えざき》さんって声優が！　まだ新人の声優みたいで初めて演技を聞いたんですけど、あのセクシー系の澄んだ声には、他の誰にも出せない程の個性の強さがありました！　俺、あの声すごく好きなんですよ！」

「そ、そう……。江崎さん、良かったのね……」

俺から視線を逸《そ》らして俯《うつむ》く寧々さん。もしかして、声優はあまり好きじゃないのか？

俺としてはもっと語りたいが、広げない方がよさそうだ。

「まぁとにかく、『恋シェア』は売れますね。他の候補も、次来るまでに考えてみます」

「分かったわ。ありがとう。やっぱり、奏太君は頼りになるわね」

寧々さんが、またすぐにいつもの笑みを浮かべた。

「奏太君の眼力には、何度も助けられているもの。そろそろ、何かご褒美《ほうび》をあげないと」

「え？　ご褒美ですか？」

なにそれ嬉《うれ》しい。なんだろう……？

と、俺が疑問に思った直後。寧々さんはもう動いていた。

「じゃあ、はい。どうぞ」

「んなぁっ⁉」

寧々さんが両手で自身のご立派な胸を持ち上げた。さらに胸を前に突き出して、その膨らみを強調してくる。

「ね、寧々さん⁉　いきなり何をしてんですか！　どういう理由で、む、胸を……！」

「もちろん、奏太君を喜ばせるためよ？　私のおっぱい、今だけ好きにさせてあげるわ。触ってもいいし、揉《も》んでもいいし、どうしてもと言うなら吸ってもいいわよ？」

「なっ……！　本気ですか⁉　ってか、別にそんなの俺は望んでませんから！」

「でも奏太君、エッチな漫画やラノベが好きだし、こういうのに興味あるんでしょ？」

「い、いや……！　それは……」

「それなら私が女の子のこと、色々教えてあげるわよ。手取り、足取り……実戦でね？」

寧々さんが自身の胸を揺らし、その大きさと柔らかさ、そして張りのある弾力を示す。

それにより、俺の視線はますます胸に釘付《くぎづ》けになった。見てはいけないと分かっていながら、おっぱいから視線を逸《そ》らせない。それどころか俺は、いつの間にか寧々さんの方に、一歩足を踏み出していた。

だがその時。事故が起きる。

無意識ゆえの覚束《おぼつか》ない動きだったせいか、俺は足をもつれさせ、前方へ思い切り倒れ込んでしまった。それにより寧々さんの大きな胸が、俺の目の前に迫ってくる。

「むぐうぅっ⁉」

結果、俺の顔はそのまま寧々さんの胸に受け止められた。

うわあああ！　うわあああああああ！　なんだこれ、ヤバい！　柔らかい――――！

顔を豊満な胸の中にムッチリと押し付けるこの感触。マシュマロのように柔らかい胸の心地よさを、顔全体で贅沢《ぜいたく》に味わう。

「ふふっ。積極的ね。遠慮せず、いっぱい楽しんでいいのよ？　これはお礼なんだから」

その上寧々さんが俺の顔を抱きしめた。さらに強く、胸に押し付けるかのように。

「むぐっ！　むぐぐぐ……！　んんんっ……んんんんっ……！」

もっちりとした弾力と、同時に感じるしなやかさ。他に類のない極めて性的な感触に、この上ない幸せを感じる……！　幸せ過ぎて、段々意識が遠くなるほどだ……！

「って、あれ……？　これ以上したら、窒息しちゃいそうかしら？」

「ぷはぁっ！」

呟《つぶや》き、俺を離す寧々さん。俺もすぐに深呼吸をして、酸素を全身に行き渡らせる。

あー、死ぬかと思いましたわ……。それにしても……胸、柔らかかったな……！

「ごめんなさいね。喜んでもらいたくて、つい。よければもう一度しましょうか？」

「し、しなくていいです……！　もう十分です……！」

これ以上あんなことをされたら、どんだけ理性があっても足りんわ……。

「ふふっ。真っ赤になって慌てちゃって。やっぱり奏太君は可愛《かわい》いわね♪」

そう言い、悪戯《いたずら》っぽく微笑《ほほえ》む寧々さん。その表情で分かる。この人、俺で遊んでたな？

「でも、少し調子に乗りすぎたかしら？　本当にごめんね、奏太君。お詫《わ》びにお茶でも飲んでいって。お店はもうすぐ閉店だし、親も出かけているからゆっくり二人で話せるわ」

「あっ、いや……。せっかくですけど、そろそろ帰ります。さすがにこんな時間ですし」

時計を見ると時刻は七時。誘われたといえども、居座るべきではないだろう。

「えっ？　もう帰るの……？　私は、まだ大丈夫だけど……」

途端に、しゅんとした顔になる寧々さん。その表情に、キュッと胸が縮んだ。

正直、ちょっと嬉しいな……。俺が帰るからって、そんな顔をしてくれるなんて……。

「残念だわ……。でも、確かに遅い時間だものね。じゃあ、本のお会計をしましょうか」

「はい。分かりました——って、しまったぁぁぁ！」

財布を取り出した、その瞬間。恐るべき事実の発覚に叫んだ。

「どうしたの？　急に大きな声を出して」

「お金、下ろすの忘れてました……！」

財布には小銭がわずか数枚だけ……。これでは一冊分の金額もない。今からお金を引き出しても、戻ってくるまでにはお店の閉店時間になるし……。

「すみません、寧々さん……！　また明日《あした》、お金を下ろして買いにきます！」

「ふふっ。仕方ないわね。それじゃあ、明日も待ってるわ」

謝る俺に寧々さんは、むしろ幸せそうな笑みを返した。

※

「お、おい……。なんだ、これは……？」

寧々さんとお別れをして、つばさ書店から立ち去った後。俺は少し離れたスーパー内のＡＴＭへ立ち寄った。今日は、両親から仕送りがくる予定の日なのだ。

俺の両親はカメラマンで、今は海外に長期間の滞在中だ。そこで毎月生活費を送ってくるのだが、まずそのお金を下ろさないと、漫画はもちろん今夜の食料も購入できない。

先月までの仕送りは、円盤を買ったりＣＤを買ったり、その時々のオタ活に消えていったから、全然貯金なんてないしな。まあ、今月の仕送りも同じ使い方になるだろうが。

今月は漫画以外に何を買おうか、考えながら記帳を開始。そして少し後、吐き出された通帳にウキウキ気分で目を通す。

結果……残高、二〇二円。

「ファッ⁉」

あ、あれ……？　なんで？　どういうこと……？

どうして入金されていないんだ……？　俺の食費と娯楽費は、どこへ……？

何か機械の不具合かと思い、俺はもう一度記帳し直す。ボタンを操作し、通帳を挿入。

その後、再び金額を確認。でも……結果は変わらず、二〇二円。

「いや、どうなってんだよ、この残高は――⁉」

おかしい！　これは絶対におかしい！　こんなんじゃ今日の夕食も買えないぞ！

さては親父《おやじ》たち……俺への仕送りを忘れているな……⁉

思い立ち、すぐ海外の父親に電話する。時差とか知らん。こっちは死活問題なんだよ！

「もしもしー？　どうした、奏太？　これから仕事だから、用事があるなら手短になー」

「あっ！　父さんか⁉　今月の仕送り、まだ振り込まれてないんだけど！」

呑気《のんき》な声で通話に応じた父親に、早速お金について尋ねる。

すると、父さんは当たり前のように……。

「仕送り……？　そんなのしばらくできないぞ？」

「はぁ⁉　なんでだよ！　今月の生活困るだろ⁉」

養ってもらっている立場で催促なんてしたくないけど、飯が食えないのは困るんだよ！

「だって父さんたち、これから数か月くらい野生動物の写真を撮るため、山の奥に籠もるんだ。それでしばらく送金できない。その代わり、半年前から多めに仕送りをしてきたはずだぞ。その分を貯金して、送金できない期間に備えろって、前に電話で言ったよな？」

「え……？」

「もしかして、覚えてなかったのか？」

そういえば……半年ほど前にそんなことを電話の向こうで言ってたような……。

アカン。完全に聞き流してた。たしかに最近仕送りの額が増加してたのは気づいていたが、親の愛情なのかと思ってオタ活に全部使ってしまった……！

「その様子だと……残ってないみたいだな、貯金。俺の話聞いてなかっただろ？」

「うっ……！」

「俺は十分な額を送ってるからな？　使いすぎたなら、自分で何とかしろよ。んじゃ！」

「いや、待って待って！　え？　マジで⁉　追加の融資をお願いしたりは……！」

「甘えんな、バーカ。どうせお前、多めの仕送りで豪遊したんだろ？　この際反省して、バイトでも始めてみるんだな。高校二年生ともなれば、どこかしら雇ってくれるだろ」

「うぐっ……！　バイト……！」

それはちょっとハードルが高いぞ……！　学校だけでも宿題やらテスト勉強やらオタ活やらで忙しい思いをしてるのに、そのうえ仕事を加えるなんて……。

「それに働かないと、高校の学費も払えなくなるかもしれないぞ？　お前の私立、半年毎《ごと》に授業料の支払いがあるからな。十月に次の支払いがあるが、お前ちゃんと払えるか？」

「えっ……？」

「俺たちはしばらく帰れないからな。奏太、自分で何とか生きろよ？　じゃあな！」

「いや、ちょっと待って！　何さらっと重要なことを──って、父さん⁉　もしもし！

うわ、切れてる！」

おいおい……。ヤバいよ……。これ、かなりヤバいよ……！　要するに、俺はこれから親父たちが戻るまで、生活費や学費を自分の力で稼がないといけないわけか……？

一応、直近の生活費は我が家にあるお年玉貯金で賄えるが、学費となると厳しすぎる。

今のままではオタ活どころか、生活さえも危ぶまれるぞ。それに、高校中退も当然嫌だ。こんな理由でいきなり中卒のまま社会に放り出されたら、それこそどう生きてけばいいのか分からない。早く次の学費の支払いまでに、何とかお金を稼がないといけない。

そのためには、今すぐ覚悟を決めるしか……。

「こうなったら……もう、やるしかないか……！」

お金がないなら、稼ぐしかない。

そんな世の中のルールに従い、俺は人生で初めてバイトをする決意を固めた。

※

思い立ったが吉日とばかりに、早速その日の夜から働き口を探し始めた。

求人サイトで高校生可の募集を探し、コンビニ店員やイベント会場のスタッフなどに片っ端から応募する。しかし未経験者のせいか、中々採用には至らない。

だが職探しを二週間ほど続けたある日、ようやく俺にも春が来た。

「君、いいね。真面目そうだし採用するよ」

「は、はい！　ありがとうございます！」

受かったのは、都内にある『株式会社ライトロード』というタレント事務所のアルバイトだ。役目は事務員で、主な業務は簡単な雑用係だという。しかも会社の景気がいいのか、事務員の中でも給料は高めだ。

よし……！　ここで働いていければ、生活に困ることは無さそうだ。それに、学費も払っていけそうだぞ！　なんとか高校中退というピンチから逃れることができそうだ。

そして面接から数日後。指示された初出勤日に、俺は再び事務所を訪れていた。

「ふぅ……。やっぱ、少し緊張するな……」

人生初の仕事を前に落ち着かず、受付の周りをぐるぐる歩き回る俺。

事前に受けた説明によると、このあたりで待っていれば指導係の人が迎えに来てくれるみたいだが……一体どんな人なんだろうか……？　ガタイのいい体育会系とか、見るからに陽キャのイケメン系とか、できれば勘弁してほしい。接し方まるで分からんし。

なんてことを考えていると——

「すみません。志堂《しどう》奏太さん、でしょうか……？」

「え……？」

名前を呼ぶ声に振り返る。すると視界に入ったのは、存在感のある一人の女性だ。

ロングの黒髪に、シャツを押し上げる大きなおっぱい。切れ長の目がキラリと光るクールな顔立ちが頼もしそうな印象を与え、わずかに谷間を晒《さら》すおっぱいが柔らかそうに揺れている。手足は細くすらりと伸びて、おっぱいがはち切れんばかりに膨らむ。

結論。メッチャ胸のデカい女性がいた。

「あの……返事をしてください。志堂奏太さんで合っていますか？」

「えっ……？　あっ、はい！　合ってます！」

イカンイカン。あまりの胸の存在感に、我を失いかけていた……。

「私は二階堂麻耶《にかいどうまや》といいます。あなたの指導係になるので、よろしくお願い致します」

「あ、はい！　よろしくお願いします！」

なるほど。この人が電話で言っていた指導係か……。まさかこんなエロい体形の人と仕事をすることになるなんて……これは忙しくなりそうだぜ！

「では、早速あなたのデスクにご案内します。その後、お仕事の内容を教えていくかたちになりますので。と言っても、主に雑用をお願いすることになりそうですが」

「分かりました！　頑張ります！」

「あ、それと。一つ重要なことを最初に言わせていただきますが……」

一度デスクに向かいかけた麻耶さんが、胸を揺らしながら俺に向き直る。

「あまり胸ばかり凝視するのは止《や》めてください。告訴させていただきますよ？」

「ふぁっ⁉　もしかして、バレてました……？」

「これだけいやらしい目で見られれば。奏太さんは、少々キモいですね」

ぐわあああああっ！　女性から真顔でキモい言われたアアアア！

これは傷つく……！　いや、確かに俺が悪いけど！　でも、あんだけ胸大きければ見るじゃん！　本当何カップあるんだよソレ！　ちょっと触ってもいいですか？

「さあ、早くいきますよ。私も暇ではありませんから」

「あ、はい……。すみません……」

俺は早速心に傷を負いながら、トボトボと彼女の後についていった。

※

「さて……。ひとまずざっと説明をさせて頂きましたが、何か質問はありますか？」

「あ、いえ。特には。大丈夫です」

数時間後、俺は事務所内の案内と一通りの業務の説明を受けた。

と言っても幸い、書類整理やお茶くみなどの雑務がメインで、何とか働いていけそうだ。

「では、今日の残りの時間は先ほど教えた書類整理をこなして頂きたいと思います。何か分からないことがあったら私に声をかけてください。今日はずっとここにいますので」

「分かりました。頑張ります！」

そして、俺のすぐ隣にある自分の席に戻る麻耶さん。

よし……ここからが俺の仕事だ。人生初のアルバイト、立派にこなしてみせますか！

気合いを入れ、俺はデスクに積まれた書類を見据えた。

「待ってください、マネージャー‼」

直後、少女の声が事務所内に響く。

「それはどういうことなんですか⁉　ちゃんと説明してください！」

「いや、だからさ〜。言葉通りの意味なワケ。これ以上、君の面倒を見る余裕はちょっとないんだよね。だから悪いけど、次のお仕事が終わったらお別れってことで」

「そんな……っ！　如月《きさらぎ》さん、『事務所も期待してるから、ゆっくりステップアップしていこう』って、前に言ってたじゃないですか！」

「いやほら。あん時とは状況も変わってきてさ〜。なかなか厳しくなってんだよね〜」

見ると、事務所の入り口付近で一組の男女が口論をしていた。一人は金髪のヘラヘラした感じの男性。もう一人は、俺と同い年くらいの女の子だ。

どうやら男の方はあの女の子のマネージャーらしい。察するに、彼女はこの会社が面倒を見ているタレントだが、関係を切られそうになっているのか。とても大変な状況だ。

しかし……それより、引っかかることがある。あの少女の声、なぜか聞き覚えが……。

「あの……すみません。あの人たち、誰なんですか？」

気になって、思わず隣の麻耶さんに尋ねる。

「ああ。男の方は、如月明人《あきと》。事務所のマネージャーの一人です。と言っても社長のご子息ですので、上司みたいなものですが」

なるほど……時期社長候補というワケか。あの不遜な態度はそのせいなのかも。

「そして女性の方は、タレントの相崎優香です。主に声優として活動中ですね」

「へ～。相崎優香さんか～。なんか、どっかで聞いたような……」

…………って、え……？　待って。声優の、相崎優香さん……？

首を傾《かし》げ、そのまま動きを止める俺。その名前って、ひょっとして……！

「奏太さん？　どうかしましたか？」

「ちょっ、ちょっと待ってくださいよ……？　その、相崎優香っていうのは……もしかして、アイちゃんのことですか……？」

「アイちゃん……？　ああ、そういえば彼女……そんな愛称、だったような……」

「うえええええええええ!?　アイちゃんんんんんん!?」

うそ、マジで!?　アレが本物のアイちゃん!?　生のアイちゃんが目の前にあべびっっん
ばんばｄｑｋぎゅるんべ byuruby !?

そういえばあの顔、『マジ☆マリ』のラジオ放送の動画で観た！　画質が粗かったこともあってか、動画と実物では若干印象が違うからすぐには気づけなかったけど、よく見れ

ば間違いなくアイちゃんだ！　というか実物、思った以上に可愛《かわい》いんだが⁉

いやマジかコレ！　マジかコレ⁉　あの大好きな、推しの声優が目の前にいる⁉

「な、なんで……なんでアイちゃんが……⁉」

もしかして……この芸能事務所、声優にも関わりがあるのか⁉　いや、だとしてもなんて確率だ！　たまたまバイトに入った職場で、アイちゃんに遭遇するなんて……！

ヤバいヤバい！　心臓が爆発しそうにヤバい！　あの推しの声優がすぐそこにっ……！

「ダメだ……こうしちゃいられない！」

「えっ……奏太さん……⁉」

俺は手元の資料とペンを手に取り、彼女のもとへと走り寄る。

そしていまだに言い争う二人に、頭を下げながら突撃した。

「アイちゃんさんんん！　どうかサインをお恵みくださいいいいいいっ！」

「え……？　きゃあぁっ‼　何⁉　何ですかっ⁉」

俺の勢いに押されて、三歩ほど後ずさりするアイちゃん。俺は彼女に紙とペンを差し出し、もう一度全力で懇願する。

「お願いしますっ！　サインくださいいいいい！　俺、何でもしますからアアア！」

「え⁉　サイン⁉　どういうことですか……⁉」

「俺っ！　アイちゃんさんの大ファンです！　『マジ☆マリ』の加奈役、最高でした！　あなたの声を聴くたびに、いつでも耳が幸せになって……もうマジ、ハッピーイヤーです！　そうです！　ハッピーニューイヤー！　あなたのおかげで、俺の耳はいつも新年です！」

「あ、あの！　意味がよく分からないのですが……⁉」

「とにかく、あなたが大好きです！　だからサインをくださ痛ぁあっ⁉」

「やめてください、奏太さん。そのハッピーイヤー潰しますよ」

突如後頭部に鈍い痛み。後からやってきた麻耶さんに、ファイルの角で殴られた。

「まったく……取引先の書類にサインをもらおうとしないでください。キモいどころか恐怖です。どうやらあなたには、厳しい指導をしなければいけないようですね？」

「ご、ごめんなさい……。取り乱しました……」

うずくまりながら反省する。嬉《うれ》しさのあまり、意味不明なことを口にしていた……。

「おっす、麻耶ちゃ～ん。んで、この子何？」

「今日からアルバイトで来ている志堂奏太さんです」

「あ～、なるほど！　君がバイトの子か～！　俺は如月明人！　よろしくね～」

「あ、はい……。志堂奏太です。これからよろしくお願いします……」

フランクに手を差し出され、俺たちは軽く握手を交わす。

「え？　ってか君、アイちゃんのファンなの？　サインがどうとか言ってたけど」

「はい！　大ファンです！　彼女が出てる作品は全部観させてもらってます！」

「へ～！　君、珍しいね～！　アイちゃん、まともに出てる作品ほとんどないのに」

「それでも俺はファンなんです！　アイちゃんの声、すごくいいですから！」

「そっかそっか。いや～、よかったじゃんアイちゃん！　退社する前にこんな熱心なファンに会えてさ！　これでもう思い残すことはないっしょ！」

「……っ！」

俺が乱入してから混乱している様子だった彼女が、悔しそうに唇を噛《か》みしめた。

いや、ちょっと待て……。これ、彼女に会えて喜んでいる場合じゃない……！　よく考えればこの状況、推しの声優が業界から去るか否《いな》かの瀬戸際《せとぎわ》じゃんか！

「マネージャー……私は、嫌です……！　まだ退社したくはありません！」

「いや～。そんなこと言われてもね～。もう決定事項っていうかさ～」

「でも私は、どうしてもこの業界にいたいんです！　いっぱい努力して、人気声優大賞で主演女優賞に輝くような、そんな声優になりたいんです！　だから、もう少し置いてもらえませんか……？　私、もっと頑張りますから！」

「う～ん……っていうかぶっちゃけさ～。正直ウチも、マネージャーが不足してるんだよね。俺だって最近忙しいから、ウチに所属してから二年近く経《た》つのになかなか目が出ない新人の面倒までは見切れないわけよ～。ね？　麻耶ちゃんもそう思うでしょ？」

「まぁ……正直、そうですね。厳しい言い方にはなりますが、期待値の低い新人さんに、多くのリソースは割けません。こちらとしても、心苦しくはあるのですが……」

「…………」

俯《うつむ》き、静かに口を閉ざすアイちゃん。一方で如月さんは満足そうに頷《うなず》いた。

「ま、そういうこと。だから悪いけど、今月でウチの事務所とはお終《しま》いってことで」

如月さんが、アイちゃんの肩にポンポンと手を置く。

「いや～。本当に残念だね。でも君じゃ多分、この先も売れはしないだろうし――」

「あの……ちょっと待ってくれますか」

彼が言い終える直前だった。俺の我慢が限界を超えて、思わず口を開いたのは。

「ん～？　なにかな、新人クン」

「お願いです……アイちゃんのこと、悪く言わないでくださいよ」

これ以上、アイちゃんが馬鹿にされるのは耐えられない。たとえそれが正当な評価だったとしても、推しの声優が悲しんでいるのを黙って見ているなんてできない！

「俺は彼女の声、すごくいいと思います！　あの甘くて可愛らしい声は、間違いなく彼女にしか出せないものです！　それなのに契約を切るなんて……すごく残念に思います！」

「え～、そうかな？　この子の代わりなんて、業界にはいくらでもいると思うよ～？」

「そ、そんな言い方無いでしょう！　アイちゃんに失礼すぎますよ！」

「だってこの子、オーディションもほぼ受からないしさ～。才能感じられないんだよね」

「そんなのっ――マネージャーのやり方が悪いだけなんじゃないですか⁉」

「は……⁉」

如月さんの笑顔が、俺の一言で凍り付いた。

「ちょっ、奏太さん⁉　なんてことを――！」

「マネージャーって、アイちゃんを支えるパートナーなわけですよね⁉　そのあなたが彼女の魅力を何にも分かっていないんじゃ、そりゃアイちゃんもやり辛《づら》いですよ！」

制止しようとする麻耶さんを無視し、俺は如月さんに捲《まく》し立てる。

「俺だったらもっと彼女を売ってみせますよ！　彼女の魅力を知る者として、全力で支えますからね！　あなたみたいに、パートナーを悪く言う人は失格ですよ！」

「へぇ……言うねぇ……！　俺じゃ、マネージャーとして力不足だと言うのかな……⁉」

「少なくとも、アイちゃんの件に関しては俺の方がマシだと思います！」

彼への反骨心もあり、ハッキリ断言してやった。すると、彼は歪《ゆが》んだ笑みを浮かべる。

「なるほどねぇ～……！　いいよ、分かった！　そこまで言うなら君がやってみなよ！」

「え……？」

「君だったら、俺よりもうまくアイちゃんを支えてあげられるんだろう？　それなら、君がマネージャーとして彼女を売れっ子にしてみなよ！」

俺が、アイちゃんのマネージャーに……？

「ちょっ、ちょっと待ってください如月さん！」

不意に麻耶さんが俺たちの間に割り込んだ。

「あなた、本気ですか!?　入ったばかりの子にマネージャーを任せるなんて……！」

「大丈夫でしょ。俺に対して、あんな大口叩《たた》いたんだから。仕事のやり方は他の先輩に教わればいいし。それともまさか、できないのかな？　そんなことはないよねぇ～!?」

俺の顔を舐《な》めまわすように睨《にら》みつける如月さん。これは、完全に怒らせたな……。

でも、これはある意味チャンスかも……！　うまくやれば、彼女のクビを取り消せる！

「分かりました……！　やってみせます！」

「奏太さん！　あなたも何を言ってるんですか!?　そんなこと認められませんよ！」

麻耶さんが刺すような目を俺に向けた。

「安心してください麻耶さん！　もちろん、さっき教わった雑務もやります！　その上で他の仕事のない時間だけ、アイちゃんのマネージャーをさせてもらえませんか⁉」

「いや、だから……！　あなたにマネージャーができるわけ……！」

「まぁまぁ、麻耶ちゃん。少しは彼――奏太君だっけ？　信用してあげてもいいじゃん」

　如月さんが悪い笑顔で俺を庇《かば》う。きっと彼は、自分に失礼な発言をした俺のことが許せずに、恥をかかそうとしているのだろう。でも、思い通りにさせたりはしない。

「俺は必ず、アイちゃんを今より人気者にしてみせます！　彼女はいずれ、業界でナンバーワンにだってなれるほどの逸材ですから！　その代わり、もしうまくいったらアイちゃんの契約解除は撤回してくれますね？」

「当然さ。そうだね……彼女が三か月以内に主役かメインヒロインを取れたら、また契約を延長しよう！　ただしできなければ……クビだ。アイちゃんも、そして奏太君もね」

「……っ！」

　彼の一言で、アイちゃんの肩がブルッと震えた。そしておそらく、俺の体も。

「待ってください！　なぜ奏太さんまで……！」

「だって、あれだけ俺を馬鹿にしたんだよ？　責任はとってもらわないと」

「問題ありません！　アイちゃんなら、きっと主役を勝ち取れますから！」

「おっ、いい返事だね～。期待させてもらうよ。それじゃ、俺は現場で仕事あるから～」

そう言い、如月さんが事務所から出ていった。あいつめ……俺のアイちゃんを散々馬鹿にしやがって……絶対に後悔させてやるからな！

「はぁ……大変なことになりましたね……。まさか、自分のクビまでかけるなんて……」

麻耶さんが、呆《あき》れたような目で俺を見る。

「本当に大丈夫なんですか？　もしあの人が本気だったら、私には庇いきれませんよ……？　それに、あなたにマネージャーが務まるのですか？」

「頑張ります！　少なくとも、アイちゃんのために死に物狂いでやってみます！」

俺は麻耶さんの目をまっすぐ見つめ、熱意をもって宣言する。

すると彼女はしばらく俺を見続けて……やがて胸を揺らしながらため息を吐《つ》いた。

「はぁ……分かりました。では、私は何も言いません……」

ようやく、直属の上司のお許しも出た。彼女は「でも、ひとまず事務作業をお願いします……」と言いながら席に戻っていく。そして残されたのは、俺とアイちゃん……。

「えっと……アイちゃん。そういうわけで、とりあえずよろしくお願いします……」

「あ、は、はい……！　お願いします……！」

色々あって混乱している様子の彼女とお辞儀し合う。

そして俺は席に戻って、ひとまず任された仕事を始めた。

※

そんな騒動があった後。俺は任された雑務をこなし、無事に初日の業務を終えた。

しかし……今日はすごい一日だったな。まさか、本物のアイちゃんに会えるなんて。しかも俺が、彼女のマネージャーになるなんて。

――ってか、待って。あの時は推しを守りたい気持ちと情熱でいっぱいだったけど……よく考えたらこれから先、俺は彼女と仕事のパートナーになるのか……。

なんか、改めて考えると……俺、ものすごく大それたことを言っちゃったのでは……？　だって、俺、ただの高校生だよ？　いきなり声優のマネージャー、できるの……？　業務に関して、何すればいいのか分からないよ？　しかも、俺のクビまでかかってるし……。

クビかぁ……。正直、それはヤバい。だって俺、この仕事に高校生活がかかってるからね？　もしクビになったら今の財政状況的に、高校中退確定ですよ？　それだけは、本気で避けないといけないのに……。

でも、あの状況はしょうがないって！　アイちゃんのピンチは見過ごせないし！

なんてことを思いながら、俺が事務所の玄関を出ようとしたとき――

「あ、あの……！　お疲れさまでした……」

「あっ、どうもー……って、アイちゃんだぁ――――!?」

「きゃっ!?　い、いきなり叫ばないでください！　ビックリするじゃないですか……」

いや、びっくりしたのはこっちだよ！　推しの声優がいきなり目の前に現れたんだし！

さっき一回会ってはいるけど、まだ生アイちゃんは新鮮なんです！

「ってか、え……？　どうしてアイちゃんが……？　何か事務所に用事ですか……？」

「えっと……そうじゃなくてですね……。あなたのことを、待ってたんです……」

「え、マジですか!?　俺のことを!?」

この展開……妄想の中で見たやつだ！　学校帰りに校門で俺を待ってたアイちゃんが、俺の姿を見つけると同時に駆け寄ってきて、腕をギュッと抱きしめながら『奏太君おかえりちゅきちゅきちゅき大ちゅきー！』と耳元で囁《ささや》き甘えてくるんだ！

「あ、あの……大丈夫ですか……？　なんだか、目が虚《うつ》ろになっていますけど……」

「――はっ！　しまった……。妄想の世界にトリップしてた……。あ、あの！　改めまして！　俺、志堂奏太っていいます！　年は十七です！　よろしくお願いします！」

「あ……同い年なんですね？　私は、相崎優香です。こちらこそよろしくお願いします」

丁寧に頭を下げてくれるアイちゃん。ああ、嬉《うれ》しい……！　芸名＝本名だったんだね、アイちゃん……！

「あの……さっきは、すみませんでした！　私のせいで巻き込んでしまって……！」

「えっ……いや、あれは俺が見過ごせなかっただけで。逆に迷惑じゃなかったですか？」

「迷惑なんかじゃないですよ！　あなたがいなければ、今頃クビになってましたし……」

そう言い、肩を震わせるアイちゃん。やっぱり、よほど怖い思いをしたんだろう。可哀《かわい》想《そう》に。俺が抱きしめて癒《い》やしてあげるよ。

「あの……よければ、歩きながらお話ししませんか？　この先の駅まで行きますよね？」

「は、はい！　行きます！　死ぬほど行きます！」

うわあああ⁉　アイちゃんと二人で帰宅だあああああ！

ダメだ、俺！　もう明日《あした》からが怖い！　今日だけで一生分の運使い果たしてるだろ！

こんな風にアイちゃんと並んで歩けるなんて……！　しかも、この子なんかいい匂いがするよう！　美しい花が発するような、甘く心地よい癒やし系の香りだぁ……！

「あ、あの……。早速ですが、一つ聞いてもいいですか？」

「ひゃっ、ひゃい⁉　何でございましょう⁉」

事務所を出たところで、アイちゃんから声をかけられる。驚きと緊張で声が裏返った。

「えっと……。あなたは、どうしてわざわざ私を庇ってくれたんですか……？」

「そんなの、決まっているじゃないですか！　俺がアイちゃんの大ファンだからです！」

アイちゃんが大好きで、引退なんて絶対にしてほしくない。ただその一心で、俺は如月さんに立ち向かったんだ。

「ファン……ですか……。確かに、さっきもそう言ってくれてましたよね……」

アイちゃんが、なぜか声のトーンを落とした。

「でも……それは本当なんですか……？」

「え……？」

「私……正直、信じられないんです……。自分に、ファンがいるなんて……」

そう言い、哀《かな》し気にアイちゃんが俯《うつむ》く。

「そ、そんな……！　俺は正真正銘、あなたのファンです！　大好きです！　そもそも、本物のファンじゃなかったら、アイちゃんのことを庇おうとしないと思います！」

「で、でも……私、全然名前を知られていないんですよ？　声優と言っても、演じたのはほとんどモブキャラばかり……。唯一演じた名前のある役も、マイナーアニメのサブキャラですし。そんな駆け出しの新人を、ここまで好きになってくれる人なんて……」

「そんなことは関係ありません！　俺は単純にアイちゃんの声と演技が好きで、あなたのファンになったんですから！　何なら、証拠だって示せます！」

自信をもって言い切る俺に、アイちゃんが少し顔を上げる。

「証拠……ですか……？」

「はい！　ファンたるもの、アイちゃんの出演作と演じたキャラは、全部頭に入っています！『マジ☆マリ』の加奈でしょう？　それから『まぼろしの町』の女子生徒Dに、『ファントムナイツ』の女騎士F、後は『明日の今日までさようなら』の店員――」

「えっ⁉　す、すごい……！『加奈』以外、モブキャラばかりなのに……！」

「それに、セリフも全部覚えていますよ！　まずは加奈ちゃんの、登場時のセリフ『私は加奈！　新しい魔法少女です！　必殺恋愛大旋風《イノセントハリケーン》！』女子生徒Dは『この町、何かがおかしいよ……！　だって私、ここから出ようとしてたのに……！』女騎士Fのセリフは確か、『これこそまさにオリンピア』！」

「た、確かにそんなセリフもあったような……。私でも、ちょっとうろ覚えなのに……」

「あとは、『マジ☆マリ』のラジオ放送内で、アイちゃんが企画のミニゲームで負けて、猫耳をつけていったセリフ！『みゃんみゃん！　加奈はみんなのアイドルみゃん――』」

「きゃ――⁉　止《や》めて、言わないで！　まさか、それも知ってるなんて――！」

目を見開き、わなわなと震えるアイちゃん。どうやら、信じてもらえたようだ。

「ほ……ホントのホントなんですか……⁉　あなたは私のファンなんですか……⁉」

「はい！　神に誓って断言します！　俺は本物のアイちゃんファンです！」

ダメ押しとばかりに宣言する。すると……アイちゃんが凍ったように固まった。

どうしたのかと思い、じっと様子を窺《うかが》う俺。すると彼女は……爆発した。

「うわあああああああああん！　嬉しい！　嬉しいよおおおおおおおおお！」

「うおおおっ⁉」

アイちゃんが涙を流しながら、俺のもとに飛び込んできた。

「この世に私のファンがいたんだあああ！　本当に嬉しいよ！　ありがとおおおお！」

うわあああヤバいヤバい！　近い近い近い近い！　憧れの人がゼロ距離にぬおおおおおお！　いい匂いするいい匂いする！　勿体《もったい》ないから深呼吸しなきゃ！

「ムリムリムリムリ！　嬉しすぎてムリ！　転生しそう！　ファンの人って実在したんだ！　活動してれば、本当にファンができるんだ――――！」

あわわわわわわ！　アイちゃんが俺の右手を摑《つか》んでぐおおおおお⁉

触れてるっ……⁉　アイちゃんが俺に触れているっ！　なにこれリアルか⁉　VRじゃなくて⁉　俺氏、頭が狂いそう！

ってか、アイちゃんも何なのこの反応⁉　なんでこの子、こんな大げさに喜んでるの⁉

さっきアイちゃんにサインを求めた俺にも負けない反応だぞ！

「うわあああああん！　すごいよ、奇跡だよー！　何か涙まで出てきたかも――――！」

「……うん、すごい喜んでくれてるよこの子！

俺だってずっと好きだった声優との出会いで血圧が入院レベルだが、何だか彼女の勢いに負けて、冷静になってきたほどだ。それほど、彼女の興奮はすさまじい。

「えっと……アイちゃん？　ファンに会えるの、そんなに嬉しいんですか……？」

「嬉しいよ！　だってファンの人だよ⁉　声優としての私を好きになってくれて、いつも応援してくれる人に実際に巡り合えたんだよ！　これ程嬉しいことはないよ！」

「な、なるほど……。そうなんですか……」

「それに私……ファンの人に会うの初めてなんだ……。そもそも、ファンがいるなんて、全然思ってなかったから……。ネット上でも私を話題にする人はいないし……」

確かに、声優好きの掲示板でも、彼女の話題はほぼゼロだ。『マジ☆マリ』放送時は加奈ちゃんが話のネタになることはあったが、アイちゃんについては盛り上がらなかった。

「だから……こうして会えてすごく嬉しい！　本当にありがとう……奏太君！」

「ぐふぁあ⁉」

不意打ちの名前呼びキタ――――！　あっ、ダメ！　胸が！　胸がトゥンクって！

これドキドキが凄《すさ》まじい！　もう付き合ってるみたいやん！

「あ、そうだ……！　せっかくだし、私に何かしてもらいたいこととかないかな？」

「し、してもらいたいことですか……⁉」

「うん！　ファンの人には全力で喜んでもらいたいから……奏太君のために、できることはなんでもしてあげたいの！」

そう言いながら、アイちゃんが笑顔を輝かせる。

な……なんて純粋な心構えなんだ……！　ファンのことをないがしろにするアイドルや声優の話も聞くが、俺の推しはこんなにいい子なのか……！

「どうしようかな……。とりあえず、何か演じてみようか？」

「え……？」

アイちゃんが突然、俺と腕を組んで体をズイッと寄せてきた。そして輝く笑みで言う。

「私は加奈！　新しい魔法少女です！　必殺、恋愛大旋風《イノセントハリケーン》！」

「ふおおおおおおおおおおおおおおおおお⁉」

こ、この声は……！　『マジ☆マリ』の加奈ちゃん！　加奈ちゃんの声だ！

すげえ！　これすげえ！　生加奈ちゃんだああ！　生『恋愛大旋風《イノセントハリケーン》』だあああ！

「まだまだいくよ！　『私は絶対に許しません……それが私の優しさです！』」

「それは⁉ 七話の名台詞《めいぜりふ》！ 敵の極悪非道な怪人幹部を一人で倒したときのヤツ！」

「さすが奏太君！ 詳しいね！ それじゃあ次……『ふぇぇぇん……！ 茉莉花ちゃん、どこ行っちゃったの……？ 怖くて、おしっこ漏れちゃうよぉ……』」

「はいっ！ 第五話で肝試し中に茉莉花とはぐれた加奈ちゃんのセリフ！」

次々とアニメのセリフをそのまま再現してくれるアイちゃん。なんだこの最高のファンサービスは！ 原作ファンや声優ファンにとって、これ以上嬉しいサービスはないぞ！

そのうえ、これもサービス意識なのか、俺と腕を組んでいるため腕に柔らかいものが当たってるし。この柔らかさと弾力は……もしかすると、おぱ……おぱ……おっぱぱ……！

「えへへ……。ファンサービスなんて、初めてやったよ。喜んでくれて嬉しいなぁ」

だらしないほど頬を緩ませ、俺の腕をさらにギュッと抱く彼女。

うぎゃあああああ！ 可愛《かわ》いいいいいい！ 浄化されるぅぅぅぅぅ！

何この反応、可愛いよ！ 俺へのファンサービスをこんなに楽しんでくれるだなんて！

は――アイちゃん、アイちゃん……！ ダメ、もう無理……！

俺は一生、彼女のご尊顔を見つめていたい……。もう、それだけの人生でいい……！

っていうか、そうだ……！ 浮かれるな、俺……！ 推しの笑顔のために、俺は頑張らないといけないんだった。アイちゃんの契約を、何としてでも続けさせるために……！

「あ、アイちゃん……！　そろそろ、これからのことを話しましょう！　アイちゃんが今後も声優を続けられるように、これからの三か月頑張りますから！」

「そ、そうだね……！　奏太君のクビもかかってるし……私、諦めずに頑張るよ！」

「そうしてくれると助かります。俺も、アイちゃんに人生をかけていますから！」

そう言い、俺は自分が財政難により、高校中退の危機に陥っていることを話した。

「そ、そうなの⁉　じゃあ、余計に頑張らないと！　大切なファンを守るために！」

両手を握りしめ、ガッツポーズをするアイちゃん。もう、全動作が可愛いなぁ……。

「私の状況、正直かなりピンチだもんね……。ほとんど実績のない私が、三か月以内に主役かヒロインを取れないとクビ……。普通は絶対不可能なくらい、難しいと思ってる」

うっ……。改めてそう聞くと、確かにピンチだ。俺の高校中退も現実的だな……。

でも、俺は当然推しを信じる。お互い人生かかってる以上、やっぱり多少不安だけど。

「でも、ある意味気持ちは楽だから！　今の状況が最悪な分、これ以上悪くなることはないもん！　あとは上がっていくだけだよ！」

「な、なるほど……。確かに、一理あるかもしれませんね……」

「こういう時は、悲観していてもしょうがないもん！　『もうダメだ……』って思ったら、できることまでできなくなっちゃう！　とにかく、ポジティブに頑張らないと！」

無理にでも元気を振り絞るアイちゃん。

と、その時。唐突に着信音。どうやら彼女のスマホのようだ。

「あ、なんだろ……？　ひゃわあぁっ⁉　バイト先からだ！」

顔を真っ青にし、アイちゃんが慌てて通話に出る。

「て、店長！　無断で遅れてすみません！　今日、ちょっと色々とゴタゴタしててバイトのことは忘れて――じゃなかった、頑張ったけど行けなくて！　今すぐお店に向かいますから！　――え……？　もう、今日から来なくていい……？　そんなぁ！　待ってください店長！　しっかり働きますから店長――――――！」

ティロン♪　と軽快な音を立て、通話が一方的に切られた。

「あ、アイちゃん……？　どうしたの……？」

「…………バイト…………クビになっちゃった…………」

恐る恐る聞いた俺に、アイちゃんが今にも死にそうな声で答えた。

「事務所での騒ぎのことで頭が一杯になっちゃってて……バイトのこと、忘れてた……」

うわぁ、やっちまったぁ……。無断欠勤した結果、クビになってしまったのか……。

「まさか、一日に二回もクビになるなんて……。こんなのもう、笑うしかないよ……」

「あ、アイちゃ～～ん！　気をしっかり～～～！」

力なく笑いながら倒れそうになる彼女の体をとっさに抱える。怪我《けが》でもしたら大変だ。

「まさか、最悪よりも悪い状況があるなんて……。いや……落ち込んでいる場合じゃないよ。早く新しいバイトを探さなきゃ……。でも、そんなことしてたら、声優業が……」

アイちゃんにとって、今は一番の踏ん張りどころ。他のことで煩わされたくないだろう。

「いや、それ以前に……新しい住居探さなきゃ！　寮からも追い出されるんだった……」

「え、寮……？　アイちゃんって一人暮らしなの……？」

「うん……。私、声優になるために、親の反対を押し切ってこっちに進学したから……。スタジオとか、都心の方にしかなくて……」

なるほど……。地方住まいだと声優活動は難しいのか……。

「今はバイト先の寮で暮らしてるけど……クビだから、すぐに出てけって言われちゃった……。どうしよう……！　貯金も無いし、親に頼ったら強制送還だし……ううう……」

葛藤のあまり、文字通り頭を抱えるアイちゃん。

あと三か月で主役かヒロインを演じなければいけない上に、生活の見通しも立たなくなるなんて……。夢を追うには、あまりに苦しい現実だ。

でも……だからって、俺は彼女に引退なんてしてほしくない。俺のクビもかかっていることを抜きにしても、ここで諦めてほしくない。俺は、純粋に彼女のファンだから――。

そんな思いから、俺の口から一つの提案がこぼれ出た。

「あの……もしよかったら、ウチで生活しませんか……？」

「え……？」

キョトンとした顔を向けるアイちゃん。数秒後、彼女はゆっくりと聞き返す。

「家って、まさか……奏太君の家……？」

「はい。そうすれば、生活面のことは考えずに、声優のことだけに集中できると思いまして。……あ！　もちろん、いかがわしい理由で誘っているわけじゃないですよ⁉」

変な誤解をされるかと思い、俺は慌てて付け加える。

「俺はただ、少しでもアイちゃんの助けになりたいだけで！　だから二人きりになったからといって、襲ったりとかは絶対にしません！　俺はあくまで、あなたのファンであり、マネージャーなんです！　だから、安心してください！　絶対手出しはしませんから！」

「あ、うん……。なるほど……」

……なんか、必死に言いつくろった分だけ、怪しさが増しているような気がする……。

そもそも女の子に同居しようと誘うとか、いくら状況が状況といえども、さすがに不適切だったかも……。相手からすれば、普通に怖いだけだもんな。申し訳ないことをした。

よし、今すぐ謝ろう——と、思った瞬間。彼女は言った。

「それじゃあ……お言葉に甘えてお願いするね！　奏太君の家に泊めてください！」

「ふぁっ⁉」

予想外の返事に、変な声が飛び出した。

「えっ……ちょっ、まっ……本気ですか⁉」

「うん。私、他に行く当てがなくて……。泊めてくれたら助かるんだけど……」

「い、いや……。自分から言い出しといてアレですけど、初対面の男の家ですよ？」

正直、頼られるのは光栄だ。それに推しが家に来るなんて、願ってもない幸運だろう。

でも簡単に了承されると、それはそれで心配になる。主に、彼女の危機意識について。

「それに家は今、俺以外誰もいないですし……。警戒したりしないんですか？」

「うん。そういうことなら、全然心配してないよ？」

「え……？」

「だって、私のファンが私に対して、酷《ひど》いことなんてするはずないもん！」

…………は？

「奏太君は、私のファンなんだよね？　それなら大丈夫！　私、奏太君を信じるもん！」

私のファン、良《い》い人！　と、なんの疑いもない真っすぐな目で言い放つ彼女。まるでこの世には嘘《うそ》も盗みも脱税も存在しないと言わんばかりだ。

いや…………この人、ピュアすぎるだろ‼

今のセリフ、まさか本気で言ってるのか⁉　だとしたら、相当純粋だぞ、俺の推し！

「だから、私は大丈夫！　奏太君さえよければ、しばらく置いてくれないかな……？」

「ま、まぁ……。俺は、アイちゃんさえよければウェルカムですけど……」

「本当⁉　ありがとう！　二度も助けてくれるなんて、奏太君は命の恩人だよ――！」

涙目になり、何度も頭を下げるアイちゃん。

「いや、気にしないでください。俺も、アイちゃんといられて嬉《うれ》しいですから」

まさか俺の推しがここまでピュアだとは。やっぱりアイちゃんは天使だなぁ……。

しかし……これは責任重大だ。万が一俺が推しに対する欲望に負けて何か狼藉《ろうぜき》を働こうものなら、彼女の純粋なファンへの信頼を裏切ってしまうことになる。

そんなことが無いように、浮かれすぎないようにしないと……。

「と、とりあえず……。早速家に案内しますね。大した所じゃないですけど……」

「ううん、ありがとう！　すごく助かる！」

そして俺は、推しの声優と横に並んで自宅へ向かうことになった。

※

うわぁ……やべぇ……！　こんなのやべぇよ……！

「えっと……それじゃあ、お邪魔します……！」

「はっ、はい！　どうぞ遠慮なく！」

我が家に推しの声優が来た……我が家に推しの声優が来た！

大好きな声優と同居する。そんな普段していた妄想が、まさか現実になろうとは……。

「わぁ……！　奏太君の家、三階建てだ。結構広いね！」

「いえいえ！　大したことないです！　これくらいごく一般的です！」

「でも、うちの実家はアパートだから。一軒家ってだけで羨ましいかも！」

なんて話しながら、辺りをキョロキョロと見渡すアイちゃん。

ああ可愛い！　マジ可愛い！　ちょっと楽しそうにお宅見学するアイちゃん可愛い！

「奏太君……今日は本当にありがとう。如月さんから守ってくれただけじゃなくて、家まで提供してくれて……。それに、初めてファンに会えて嬉しかったよ！」

「いや……！　俺こそ、アイちゃんに会えてよかったです！」

推しとこんなにお近づきになれて……お礼を言いたいのは俺の方だ。

「今日は色々大変な目に遭ったけど、奏太君のおかげで、なんだかやる気が出て来たよ……！　そうだ！　この調子で、オーディションの練習も頑張らないと！」

「え？　オーディション？」

アイちゃんが、鞄《かばん》から何やら紙の束を取り出す。

「あっ。これ、オーディション用の原稿なの！『俺の姪《めい》っ子が強さだけじゃなく、可愛《かわい》さもSランク』っていう小説原作のアニメ作品。今私が持っている、唯一のチャンス……」

「そうなんですか……。ちなみに、今回はどんな役なんですか？」

「主人公パーティーの見習い魔術師。主役級とは言えないから、仮に受かっても契約切れは覆《くつがえ》らないね……。でも、全力で練習するよ！　少しずつ実力を上げないと！」

こんなに可愛い声をしているアイちゃんを不合格にするなんて俺が監督ならあり得ないが、他にも実力のある声優はいる。彼らに勝つため、彼女も必死なのだろう。

「じゃあ悪いけど、ちょっと練習させてもらうね。オーディションはもう近いから」

すぅ……とゆっくり息を吸い、原稿へと目を落とす彼女。そして一拍置いた後――

『お願い……誰か助けて――――！』

彼女が、セリフを読み始めた。

『いやだ……いやだっ！　死にたくない！　私はまだ、喰《く》われるわけにはいかないの！』

「……おお……おおぉ……！」

久しぶりに聞く、彼女の新しい役の声。ファンとしては、宝石よりも価値のある声だ。

『やめて、来ないで……！　こっちに来ないで……！　来ないでって言ってるのに！』

おそらくは、演じるキャラが敵に襲われている場面なのだろう。迫力のある、シリアスなセリフ。加奈ちゃんとも、他のモブとも違う、初めて彼女が演じるタイプだ。

『ああ……。もう私、死んじゃうんだ……。ここで、全部終わっちゃうんだ……。私は一体、何のために生まれてきたんだろう……？　それすらも、何も分からないまま……』

このアイちゃんの声を聴き、改めて思う。彼女の声は素晴らしい。可愛らしい上に、キャラごとにしっかり違った演技もできている。

所詮俺は、ただの素人《しろうと》だ。それでも、ファンとして自信を持って言える。彼女は光るものを持っていると。たとえ今は無名だとしても、いずれはもっと上に立てると。

やっぱり俺は、アイちゃんをしっかりとプロデュースしたい。マネージャー業務が俺に務まるかは不安だが、今はそれより、彼女を支えたいという気持ちが勝ってる。

「ふぅ……。とりあえず、こんなところかな……」

一つセリフを読み終えて、原稿をじっと見つめるアイちゃん。読んだ感じはどうだったか、色々反省しているのだろう。そんな彼女に、俺はパチパチと拍手を送る。

「アイちゃん、やっぱりすごいです！　いい！　今のセリフ、すごく良かったです！」

「そう……かな……。ありがとう……」

俺の喜びとは裏腹に、アイちゃんはなんだか冷めた様子だった。

「アイちゃん……？　もしかして、今の演技に何か不満が……？」

「うん……。もっと緊張感というか……恐怖に震えてる、聞いてるほうも恐ろしくなるような、凄《すご》みのある声を出したいんだけど——ああ、やっぱり難しいかも……。私の声質じゃ、そういう演技に向かないのかな……。それに、実力も追いついてないかも……」

アイちゃんが浮かない顔で下を向く。

「私、なかなか演技に自信を持てなくて……練習する度に不安になるの。主役級の役を取らなきゃいけないのに、この役ですらオーディションに受かると思えなくて……」

「そんな……！　アイちゃんなら大丈夫です！」

彼女の言葉に、俺は感情的に言い返した。

「俺はできると思います！　アイちゃんなら、オーディションくらい楽勝ですよ！」

「あはは……ありがとう。そんな応援初めてだから、たとえお世辞でも嬉しいよ」

「お世辞じゃないです！　俺は声優の中で一番、アイちゃんの演技が好きなんです！」

自然と熱意のこもる口調で、彼女への気持ちを捲《まく》し立てる。

「え……？　それ、本当に……？　私の演技、いいと思ってくれてるの……？」

「当然です！　加奈役の時の、耳を刺激する高く可愛らしい声に、男の庇護《ひご》欲を刺激する演技……！　あの魅力を押し出していけば、俺以外の人たちにもアイちゃんの良さは伝わるはずです。それこそ、人気声優大賞で主演女優賞をもらえるくらいに！」

「……っ！」

人気声優大賞とは、その年で一番印象に残った声優をファンたちの投票により決めて、表彰するというイベントだ。主演女優賞や新人声優賞など、様々な表彰部門が用意されており、それらに選ばれることは声優にとってかなり名誉なことなのだ。

アイちゃんがそれを目指しているのは、さっきの如月さんと彼女との会話で分かった。

そして俺は、アイちゃんならそれは夢じゃないと思っている。何せ俺は、アイちゃんの幼いけど媚《こ》びてない声や可愛い演技が大好きで、本物の大ファンになったんだから。

「か、奏太君……！　ありがとう……」

「でも確かに……その一方で、シリアスに寄せ過ぎてる声は向いてないかもしれません」

「え……？」

アイちゃんの表情が、一瞬曇る。

「いや、そういうキャラをやるのはいいんですけど……無理に声を作るんじゃなくて、もっとアイちゃんの良さを押し出すべきだと思います！　その方が絶対萌《も》えますから！」

「私の、良さを……？」

「自分の声で勝負した方が、実力をうまく出せるはずです！　もしその結果オーディションが駄目でも、その役がアイちゃんに合わなかっただけの話ですよ！　そんな役、逆に万が一受かっても後ですごく苦労するはずです！」

「………！」

「だから、アイちゃんはアイちゃんの良さを生かして、勝負をすればいいと思います！　ファンとしては、そんなアイちゃんの声と演技をたっぷり味わいたいんですから！」

オタク特有の早口で、一気にここまで捲し立てた。

直後、『あ、やば。さすがに引いてるかも……』と思い、俺は彼女の顔をじっと見る。

するとアイちゃんは、突然口元に微笑を浮かべた。

「……確かに、奏太君の言う通りかもね」

「アイちゃん……？」

「自分の良さを見失ったら、いい演技なんてできないもんね……。分かった！　奏太君の意見、参考にしよっと！」

お、おお……！　マジか……⁉　推しの声優が、俺の意見を参考にすると言ってくれたぞ……！　ヤバい、嬉しい！　俺今日死ぬの⁉

「奏太君のおかげで、ちょっとだけ道が開けた気がするよ！　やっぱり、如月さんにあんな啖呵《たんか》を切っただけあるね！　マネージャーとして、すごく頼りになると思う！」

「あ、ありがとうございます！　光栄の至りでございます！」

「大げさだよ。――あ、そうだ！　ファンサービスも兼ねて、何かお礼をしないとね」

ふぁ、ファンサービスだと……⁉　なんて甘美な響きなんだ……！

「どうすれば奏太君が喜んでくれるかな……？　何かしてほしいこととか、ある？」

「え……？　してほしいことですか……？」

それはもちろん、全裸で添い寝とか……。

「あっ！　でも、エッチなことは絶対ダメだよ⁉　それはさすがに恥ずかしい……！」

「わ、分かってますよ！　そんなこと考えてませんから！」

本当に全裸で添い寝されたら、純粋な推しを裏切ることをしかねないからな……！

「そもそも、俺にとっての一番のファンサは、アイちゃんが声優として立派に成功することですから。だからファンへのご奉仕よりも、自分の成長を考えてください」

「奏太君……！　分かった！　私、奏太君のためにも頑張るよ！」

両手を握りしめ、決意を新たにする彼女。でも……全裸で添い寝もしてほしいなぁ。

「あ、そうだ！　私からも、一つお願いしてもいい？」

「え……？　何ですか？」

「私に敬語を使うのはやめて？　同い年だし、変に距離を感じたくないもん！」

な、なるほど……。推しにタメ口は申し訳ないが、彼女が言うなら気を付けよう。

「うん……分かりま——いや、分かった……。これから、できるだけ意識するよ」

「よかった！　それじゃあ、改めて——奏太君、これからよろしくね！　マネージャーとして、私に色々教えてください！」

「こ、こちらこそよろしく！　アイちゃん！　経験はないけど頑張るよ！」

彼女と固い握手を交わす。こうして俺は正式に、パートナーになったのだった。

幕間《まくあい》　ある未来の日常　一

二〇二五年、七月。

アイちゃんにプロポーズをして、一か月。俺たちは幸せな新婚生活を送っていた——

『奏太《かなた》君、もう朝だよ。起きてー？』

「う……んぁぁ……？」

上半身に何かが乗っているような感覚。

名前を呼ばれながら体を揺すられ、意識が緩やかに覚醒する。そしてゆっくりと目を開けると、ぼやけた視界に眩《まばゆ》い光が飛び込んできた。

寝ぼけた目を気だるげに擦《こす》り、俺を呼ぶ声に耳を傾ける。

『ねぇ、そろそろ起きて？　奏太君。私、一人じゃ寂しいよー』

耳元で囁《ささや》かれる、甘い声。しかも聞き覚えのある声だ。

これまで何百回も、何千回も、何億回も聞いた声。甘く、可愛らしく、愛おしい声。親の声よりも俺の鼓膜に馴染《なじ》み切っている、この声は——

「か……加奈《かな》ちゃん……？」

『うんっ！　宮永《みやなが》加奈だよ、奏太君♪』

その答えに、俺は一気に目を見開いた。

「なっ……！」

そこにいたのは、俺の上に馬乗りになった少女の姿。青と金色の綺麗《きれい》な衣装に包まれた、ツインテールの女の子だ。

その姿は、紛れもなく加奈ちゃん。『魔法少女マジカ☆マリカ』に出てくる魔法少女の一人であり、愛と優しさを力に戦う、俺の嫁こと加奈ちゃんだった。

「なっ……どうして加奈ちゃんが……⁉」

『私ね……奏太君のために、世界を越えて会いに来たんだ』

「世界を、越えて……？　嘘《うそ》だろ……⁉　本当にそんなことが……！」

『だって、私は愛の魔法少女だよ？　これくらい、奏太君のためならへっちゃらだよ！』

「か、加奈ちゃんが……俺のために……⁉」

『うん！　奏太君にだけの特別サービス♪　私の声で、シてあげるね？』

「え……？」

加奈ちゃんが俺の耳に顔を寄せてくる。そして——

『奏太君……大好きだよ……？　私、もうあなたのことしか見えないから……』

「っ‼⁉」

『昔から、奏太君で頭がいっぱいなの……。だから、ずっと一緒にいてください……』

心臓が止まりそうなほど、胸にときめきが押し寄せた。

そして加奈ちゃんが――いや、アイちゃんが言う。

「えへへっ……♪　どう？　びっくりしたかな？　宮永加奈のこんなセリフを聞けるのは、世界中で奏太だけなんだよ？」

「は、はい……！　ありがとうございます……！」

加奈ちゃんの姿で、加奈ちゃんの声で、俺への愛を囁くとか……！

さすがアイちゃんだ。俺のツボを完璧に把握している。というか、本物の声優のキャラコスとか、もうこれ実質本人だ。眠気なんて、嬉《うれ》しさで一気に吹き飛んだ。

――でもその一方、俺はまだ起きる気になれなかった。

「じゃあ、そろそろ起きて！　早くしないと、仕事に遅れちゃうんだから」

「……いやだ」

「え……？」

「まだ起きない……。もう少し、俺への気持ちを伝えて欲しい」

「いや……私、もう十分言ったよ？　奏太のことが好きだって」

「加奈ちゃんからの言葉は聴いた……。でも、アイちゃんの気持ちは聞いてないから」

「…………！」

俺が言った途端、アイちゃんが頬を朱に染めた。そして恥ずかしそうに口元を緩める。

「ホントに、しょうがないなぁ……奏太は……」

そう言いながらも、アイちゃんは横たわる俺に抱き着いた。そして――

「大好きだよ、奏太……。これ以上ないくらいに、大好き……」

頬へとキスをしてくる彼女。柔らかい唇が、優しく触れる。

「私のこと、一生大切にしてね……？　私もずっと愛してるから……」

「アイちゃん……俺も、愛してる……」

そして、共に口をふさぎ合う。新婚らしい、幸せな時間だ。

結果、二人とも豪快に仕事に遅刻してしまい、大いに反省することとなった。しかしお互い、後悔は少しもないのであった。

第二章　オーディションは命がけ

相崎優香《あいざきゆか》――もとい、アイちゃんとパートナーになり、俺の生活は忙しくなった。あれからアイちゃんは早速俺との同居に踏み切り、一方俺も麻耶《まや》さんに指導を受けながら、雑務やマネージャー業務を覚え、アイちゃんの力になるために必死に勉強を始めていた。

そして、俺たちが出会って数週間が経《た》った日の午後……。日々の忙しさで疲れた体を引きずって、俺は『アニ研』の部室にやってきた。ここで昼食をとるためである。

そして部室の扉を開けると――

「あれっ？　先輩も来たんですか！」

中にはすでに先客がいた。もちろん、部員の凜音《りおん》である。

「お。凜音もここで昼飯か？」

「はい！　ここでアニメを見ながら食事するのが一番落ち着きますからね。先輩も一緒に食べましょう！」

「ああ、邪魔するよ。――っと、今日のアニメは『僕と世界の百年戦争』か。これいい作品なんだよな……。作画も気合い入ってるし」

「はい！　先輩の好きなアイちゃんも『女の子C』役で出てますよ！」

「よし。そのシーンまで飛ばしてくれ」

彼女の隣に腰かけて、ご飯と冷凍食品を詰め込んだだけの弁当を広げる。そして二人で『僕と世界の百年戦争』の好きなシーンを語り合いながら、楽しく弁当に舌鼓《したつづみ》を打つ。

「あぁ……やっぱりアイちゃん、いい声だなぁ……。このキュートボイスが癖になる……」

「先輩、本当にアイちゃん好きですよね……。確かにいい声だと思いますけど、もっと他の声優さんにも注目してあげてくださいよ」

「もちろんちゃんと注目してるさ。ただ、どうしても推しは特別視するだろ？」

「あ、それは分かります！　気づいたら、ついつい耳が推しの声を追ってるんですよね」

うんうん。さすが俺の後輩。共感力が高いよな。

いやぁ……しかし落ち着くなぁ……。同好の士《し》とアニメを見て過ごす休み時間は……。

でもその一方で、少し心配になってしまう。

考えてみれば凜音は大抵、ここで昼食を食べている。ということは、必然的に……。

「なぁ、凜音……。お前、もしかして友達いないのか……？」

「ふえぇえっ⁉　い、いいいきなり何ですか⁉」

突然の問いかけに、凛音がビクッと大きく震えた。

「あ、悪い……。馬鹿にしたわけじゃなくて……。ちょっと心配になったから……」

大抵昼はこの部室にいて、他の友達と仲良くしているところは一度も見たことがない。

でも孤独が好きなワケじゃなく、俺に対してはべったりだ。これは勘繰りたくもなる。

「べ、別に私だって、友達の一人や二人くらい……いたらいいなとは思いますけど……」

それいないってことじゃねえか。やっぱりこの子、完全に俺と同類だわ。

「もしアレだったら、毎日こうして顔を出さずに、クラスメイトとも一緒にいた方がいいんじゃないか……？　下手したら、ますます孤立することになるし……」

まぁ、俺も同類だから人のことは言えないけど。だからこそ、可愛《かわい》い後輩が心配だ。

「い、いえ！　問題ありません！　だって、私の居場所はここですから！」

しかし彼女は、断言した。

「二か月前に入学した時……正直、私は絶望してました……。周りに自分と趣味の合うオタ系の人が全然いなくて……。そんな時です。先輩が私をこの部に誘ってくれたのは」

言われて、その時のことを思い出す。確かあの時、たまたま凛音が図書室で俺の好きなラノベを読んでいたから、思わず声をかけたんだっけ。それでアニ研に誘ったんだ。

「あの時誘っていただいて、私はすごく嬉しかったんです……！　ぼっちな私に声をかけてくれる人がいて……！　先輩は、一人だった私に居場所を作ってくれたんです！」

そんな大袈裟《おおげさ》な……と思いかけるが、彼女は本気の目をしていた。凛音にとっては、それほど嬉しいことだったのだろう。俺も、あの時声をかけて良かったと思える。

「だから私は、可能な限りここにいます！　いずれは先輩も卒業するし、ずっと一緒にはいられませんけど……他の友達作りは、その時に勇気を出して頑張ります！　だから──それまでは、ここにいさせてもらえませんか……？」

捨てられた子猫のように不安そうな顔をする凛音。そんな目をされたら、断れない。

「当たり前だろ。凛音が良ければ、一緒にいてくれ。そして色んなアニメを観《み》ような？」

「せ、先輩……！　ありがとうございますっ！」

笑顔を輝かせ、嬉しそうに声を弾ませる凛音。

その顔を見てこちらも嬉しい気持ちになる。と、同時に……少し罪悪感が湧いた。

「あの、凛音……。ただ……そう言ってくれてるとこ悪いんだが……。しばらく俺、部活には顔を出せないと思う……」

「えぇっ!?　何ですかそれ！　いきなりどういうことですか!?」

ずいっと顔を近づける凛音。この子、俺と同類のくせに可愛いな……。

「いや、その……。実は親の仕送りが滞ってて……急遽《きゅうきょ》バイトを始めたんだよ。それで、時間がとれそうになくて……」

今後は部活の時間も惜しんで、マネージャーとして全力を尽くしていきたい所存だ。その他に事務所での雑務もあるし、部活はおろかアニメもあまり観られないだろう。

「うぅ……そんなぁ……。じゃあ、しばらく先輩と会えないんですか……？」

「ま、まぁ……放課後はな……。昼に時間がある時は、こうして顔を出すつもりだけど」

ちなみに、アイちゃんのマネージャーになったことは凛音にも話すつもりはない。こういうことは、あまり言いふらすべきではないと思ったからだ。

「ふーんだ……先輩は私より、仕事の方が大事なんですね……」

「いや、そんな嫁みたいな拗《す》ね方するなよ……。な？　謝るから、許してくれよ」

「つーん。絶対許しません。私のことをないがしろにする先輩は、ブラック企業に三〇年くらい飼い殺されて生きた屍《しかばね》になるがいいです」

「リアルにキツいこと言うんじゃないよ！　大丈夫だって！　俺はいないけど、一人で部活しててもいいから！」

「一人じゃ意味ないですよバカー！　先輩がいないと嫌なんです！」

いや、まあ……確かに一人でアニメ観るよりも、誰かと感想言い合いながら観たほうが楽しいだろうけど……。

「でも、しょうがないだろ？　一応俺も生活のためだし。仕事相手のこともあるし……」

「それは分かります！　分かりますけど……っ！　う〜っ！　先輩の薄情者——！」

怒りに耐え切れなかったのか、いきなり椅子から立ち上がる凜音。そして慌てて荷物をまとめて、部室を飛び出して行ってしまった。

「マジか……。まさかあんなに怒るとは……」

それほどこの部活が大事なのだろう。なんか悪いことしちゃったな……。

「しかたない……。また今日の放課後、フォローしとくか……」

そう決意し、俺は残りの弁当を片付け始めた。

※

学校が終わったら即仕事というのも、なかなかのブラックスケジュールだ。

しかし、これも生活費や学費を払うため……。高校を中退しないためにも、一生懸命働かなければ。

そう思い、疲れた体に鞭打《むちう》ってやっと事務所に到着する。そしてデスクに向かう途中、廊下でアイちゃんとすれ違った。どうやら俺を待っていたらしい。

「あ、奏太《かなた》……。おはようございます……」

「あ、うん……おはようございます」

ちなみに業界では何時であっても「おはようございます」が挨拶のようだ。

でも、そんなことはどうでもよくて……。

「どうしたんだ……？　なんか全然元気ないけど」

なぜか沈んだ表情の彼女に聞く。

ちなみにここ数日の生活で、なんとかタメ語で話すのにも慣れた。推しの声優と普通に話せるこの状況……幸せ過ぎて逆に死にそう。

でもアイちゃんは、普通に死にそうだった。

「ついさっき、結果が出たの……。オーディション……落ちちゃった……」

「あ……」

そういえば、さっき麻耶さんからメールが入ってた。『例のオーディション、他の子に決まったみたいです』と。きっと彼女も俺に会う前に、誰かに結果を聞いたのだろう。

本人に言い辛《づら》いなとは思っていたが、もう知ってるなら話は早い。でも、どっちにしろどう声をかけてあげればいいのか……。

「私……やっぱり、ダメなのかなぁ……声優向いてないのかな……？」

「ま、まあ……そんなに落ち込む必要ないって！　今回の役はきっと相性が悪かったんだよ！　めげずに他の役で挑戦しよう！」

「いっそトラックにぶつかれば転生無双できるかも……。あ。悪役令嬢もいいなぁ……」

ダメだ、話を聞いてない。やっぱりショックがデカいみたいで、現実逃避を始めてる。

今後に差し支《つか》えないためにも、何かモチベーションが上がる言葉をかけないと……。

と、俺が考え始めた時。廊下の奥から見覚えのある人物が一人……。

「おっ、奏太ちゃ～ん！　おっすおっす～！」

「あ……如月《きさらぎ》さん……！」

人を小馬鹿にしたような笑みを浮かべて、彼がこちらにやってくる。

「アイちゃんの調子はどうかな～？　オーディション落ちたって聞いたけど～？」

「うっ……」

早速痛いところを突いてくる。どうやら、嫌みを言いに来たみたいだ。

「やっぱりさ～、早いとこ諦めたほうがいいんじゃない？　これ以上落ち続けるのも精神的によくないっしょ？　今日にでも退社しときなって。どうせ今後も受かりっこないし」

「…………！」

アイちゃんが、悔しそうに俯《うつむ》いた。

「奏太君も諦めなって。今謝るなら、君のクビは許してあげるけど？」

「なっ……！　謝りなんかしませんよ！　俺は最後までアイちゃんを信じます！」

「あっそう。んじゃ、別にいいけど。後で謝っても知らないからね～」

嘲笑《あざわら》うように俺たちを一瞥《いちべつ》し、ふらふらと歩き去っていく如月さん。

しかし俺はそんな彼のことより、アイちゃんの方が気になった。ただでさえ落ち込んでいる時にあんなことを言われたら、本当に自主退社しかねない。心配し彼女の方を見る。

するとアイちゃんは――

「ふ……ふふっ……あはははははっ……！」

どうしてなのか、笑っていた。

「面白い……面白いよ……！　あの最低マネージャー、許《ゆる》さない――！」

事務所内というのも忘れてか、アイちゃんが大声を張り上げる。

「あ、あの……アイちゃん……？　大丈夫か……？」

「大丈夫！　むしろ燃えて来たよ！　こうなったら、意地でもやるもん！　次のオーディションは絶対勝つ！　私の才能を分からせて、如月に土下座させちゃうんだから！」

「あ、アイちゃん……！」

さっきまでとは打って変わって、アイちゃんが覇気のある声と表情を示す。

「三か月後には絶対に、私と奏太が勝つんだもん！」

……どうやら、アイツに色々ウザいことを言われて、逆に奮起したようだ。

よかった……如月のおかげとは思いたくないが、気持ちを切り替えられたみたいだ。

「そうと決まれば、早速前に進んじゃうよ！　ねぇ、奏太！　次のオーディションはもう決まった？　それを聞きたくて待ってたんだけど……」

「あ、いや……。ごめん。まだ次の話は来てなくて……」

「う～ん……そっかぁ……難しいよね……。じゃあ、私はひとまず待機なのかな？」

「そうだな……。今は基礎練習をしながら、ちゃんと備えておいて欲しい」

できればすぐに仕事を振ってあげたいが、なかなかそういうわけにもいかない。

「一応、他の仕事とかオーディションとかもらえるように動いてみるから！　だから悪いけど……少しだけ、我慢していてくれないか？」

「うん……分かった。大丈夫！　私、今できる努力をしながら待つよ！」

「ありがとう……。その代わり、俺も本気で頑張るから！　できるだけ早くアイちゃんに、いい仕事を持ってこれるように！」

「えへへ……そう言ってくれる人がいるだけで、私はすごく嬉《うれ》しいよ？　ファンの期待に応えるためにも、私いっぱい頑張るからっ！」

そう言い、小走りで俺のもとを去り、地下にある稽古用のスタジオに向かっていくアイちゃん。あの様子なら、もう落ち込んではいないだろう。

よし……。せっかくアイちゃんがあんなにやる気を出しているんだ。俺ももっと頑張って、仕事を用意しなければ……！

と、決意を固めた直後。ポケットのスマホから着信音。見ると、麻耶さんからのメッセージだった。事務所に着いたら、まず会議室に来て欲しいとのこと。

俺は現在、普段の雑務もアイちゃんのマネージャーとしての仕事も、麻耶さんに助けてもらってこなしている。もしかしたら、アイちゃんの件で何か話があるのかも。

俺は承知しましたと返事をし、すぐに会議室へと向かった。

※

「えっ⁉　オーディションのお誘いですか⁉」

「はい。昨日お話を頂きまして。是非アイちゃんにお願いしたいと考えております」

対面に座った麻耶さんが、書類の束を俺の前に滑らせる。それは作品の基本情報と、オーディション用の原稿だった。

「作品名は『桃色ＬＩＰＳ』。原作は百合《ゆり》系雑誌に掲載されている四コマ漫画で、『女子校の文芸部に所属する性に興味津々《しんしん》な女子三人が、恋人ができた時に備えて、女の子同士で恋やエッチのシミュレーションに励んでいく』という内容になっています」

「あ！　その作品なら俺も知ってます！　コミックス最新刊まで持ってますし！」

「それなら話は早いですね。今回お願いしたい役は、主人公の後輩にあたる『秋山梨花《あきやまりか》』という役です。主役でなくて恐縮ですが、それで良ければどうでしょうか？」

「は、はい！　もちろんです！　ぜひやらせていただきます！」

主役じゃなくても、オーディションの話が入るだけで彼女は喜ぶに違いない。それにこの件がきっかけで、別の仕事に繋《つな》がることもあるはずだ。このチャンスは摑《つか》まなくては！

「ありがとうございます。それでは早速、アイちゃんに話を通してください。ただ……一つ問題があるかもしれませんね」

「え……？　問題ですか……？」

「この作品、読んでいるのならご存じでしょうが、少々過激な内容でして。対してこれまでのアイちゃんは、清純な役を演じてきました。ですから、抵抗があるかも……と」

確かに、桃色ＬＩＰＳはかなりエロい。女の子同士の濃厚な絡《から》みがウリの作品だ。

以前アイちゃんが演じた『マジ☆マリ』の加奈《かな》が、清純で可愛《かわい》らしい系の女子だったことを考えると、仕事に温度差があるだろう。でも——

「いえ！　それでしたら大丈夫です！　今のアイちゃんは、やる気に溢《あふ》れていますから！　たとえどんな役でも、自分のチャンスに繋がるなら喜んで演じてくれるはずです！」

「そうですか……。では、安心ですね。この件はお二人に任せます。何か分からないことがあれば、遠慮なく私に聞いてください」

「はい……！　ありがとうございます！」

よかった……。早速次のオーディションが決まった。

きっと麻耶さんも、俺たちに気を遣ってくれているんだ。この仕事がアイちゃんに合っているからこそオーディションをくれたのだろうが、応援してくれているのも分かる。

その気持ちに応えるためにも、雑務をしっかりこなさなければ……！　そして仕事を終わらせて、早くアイちゃんに報告するんだ！　きっと、アイちゃんも喜ぶぞ！

※

「えええええ!?　そんなの絶対無理だよおおおお！」

夕食の後。アイちゃんにオーディションの話をしたら、全力で首を横に振られた。

「ええっ！　なんでだよ⁉　せっかくもらったオーディションなのに！　確かに主役級ではないけど、声優としてここは喜ぶところじゃないのか！」

「だって、この作品ってすごくエッチなやつなんだよね⁉」

テーブル上の原稿を見ながら言うアイちゃん。その顔は、羞恥のせいか赤くなっている。

「私は今まで、純粋系とか優しい系とか、そういう清楚《せいそ》な役ばかり演じてきたから……こういうの、すごく恥ずかしいよ……！　エッチなセリフとか、言えないよ！」

「いや、まぁ……確かに、今までには無い役柄だけど……。でも、ファンとして言わせてもらうと、こういうエッチな役柄も、アイちゃんの甘い声にはピッタリ合ってると思うんだ！　試しにやってもいいと思うぞ！」

「だとしても、さすがにこれはエッチ過ぎるよね⁉　第一、これ！　オーディションのセリフからしておかしいもん！」

叫び、オーディションのセリフを俺に示す彼女。そこに書かれていた文字は――

『先輩、おはようございます。今日は、どんなことをして遊びますか？　またエッチの予行練習、しますか？』

『み、澪《みお》先輩……もっと、ください……。先輩のキス、もっとください……。先輩の知っている気持ちいいこと、私にもっと……教えてください……』

『あーっ！　私のフルーツポンチ！　夏音《かのん》先輩、ひどいです。そんなことするなら……もう胸、触ってあげませんからね？』

「なんで全部のセリフが卑猥《ひわい》なの⁉　原作完全にエロマンガだよね⁉　大体『エッチの練習』ってなんなのかな⁉」

「残念ながら一般向けだな……。最近はR18じゃなくてもエロい作品が多いから……」

ちなみに今回のオーディションで受ける『秋山梨花』は、主役キャラの後輩にあたる、大人しいタイプの女の子だ。とはいえ、エロ系のシーンは豊富にある。

「この役はさすがにH過ぎだよ……。こんなセリフ、いくらなんでも言えないよぉ！」

アイちゃんはブルブルと肩を震わせる。こうした役によほど抵抗があるようだ。

「第一、エッチなのは良くないと私思います！　不健全だもん！　エッチなの、反対！」

「いや、でもそうは言ってられないぞ……？　アイちゃんは今、他に仕事がないわけだし。オーディションに落ちたばっかりで、仕事を選んでる余裕はないと思うけど……」

「あう……それは、そうだけど……」

「それにあんまりわがまま言ってると、今後は麻耶さんも仕事を回してくれなくなるかもしれない。最悪、そのまま三か月たって引退確定っていうことも……」

「ううう～……！　確かに、そうかもしれないね……」

唸《うな》りながら、アイちゃんは穴が空くほど原稿を見つめた。彼女はそうやってしばらく固まり、見るからに強く葛藤する。羞恥心でチャンスを蹴るか、恥を忍んで挑戦するか。

しかしそれからしばらくして、真っ赤な顔で「あう――っ！」と叫んだ。

「もう分かった！　覚悟は決めたよ！　このオーディション、引き受ける！」

「おお……！　良かった！　ありがとう、アイちゃん！」

「私だって、チャンスは活《い》かしたいもん！　それに、もしもこれを断ってオーディション回してもらえなくなったら、奏太にも迷惑かけちゃうし……」

「あ……」

確かに、そうなったら俺のクビは確定的になるからな……。生活費はなくなって、当然学費も払えない……。そして高校中退になったら、大きなハンデを負うことになる。

俺がアイちゃんを応援するのは、あくまで声優としての彼女が好きだからではあるけれど、高校中退を防ぐためにも、この話を受けてくれるのはありがたい。

「じゃあ、早速原作のチェックをしないと！　奏太、原作漫画を持ってるんだよね？」

「ああ！　今から持ってくる！」

俺はダッシュで自分の部屋に向かい、『桃色ＬＩＰＳ』の全巻セットを持ってきた。

※

「そ、そんな……これは、なにかな……!?」

俺が部屋から運んできた『桃色ＬＩＰＳ』を読みながら、彼女は両手を震わせた。

彼女が今開いているシーンは、第一巻の前半部分。主人公の深草《みくさ》夏音と友人の瀬川《せがわ》澪が、後輩である秋山梨花の服を脱がそうとするシーンだった。

「まぁ……この作品、百合系だから……。やっぱり、オーディションは嫌か……？」

「それはもう覚悟を決めたけど……でも、この作品過激すぎるよね！　わっ……次のページで、こんなことまで……！」

ブツブツと呟《つぶや》き、アイちゃんはじっとページを見つめる。体をもじもじ動かしながら、ゆっくりと内容を咀嚼《そしゃく》していく。

「うわぁ……エッチだ……。こんなことまでしちゃうんだ……はぁはぁ……」

まるで初めてエロ本を読んだ中学生のように興奮し、息を少しずつ荒くする彼女。

あれ……？　なんだかんだ言いつつも、興味津々じゃね？　この子……。

え？　もしかして、アレなのかい？　アイちゃんって、意外とムッツリなのかい……？

まさか、こんなところで推しの意外な一面を知ってしまうとは……。

そして、たっぷりと時間をかけて原作を全て読み切った後、彼女は一度本を閉じ、恥ずかしそうに口を開いた。

「ふぅ……。と、とりあえず……どんな作品かは分かったかな……。とにかく一回、適当なシーンを演じてみよっか……」

どうやら、オーディションの練習を始める前に、まずは漫画のワンシーンを読んでキャラの感覚を掴みたいようだ。

「奏太も、練習に付き合ってくれるかな……？」

「え……？　付き合うって、どうすれば……」

「私が『秋山梨花』を演じるから、奏太は夏音のセリフを読んでほしいの。この二人が出る、ここのページのシーンをやるから」

なるほど。それだけなら、俺でも何とかできそうだ。幸い俺はこの漫画の内容を熟知してるし、梨花というキャラのイメージもある。いいアドバイスができるかもしれない。

「じゃあ、奏太。早くこっち来て。早速練習始めるからね！」

そう言い、自分の座るソファーの隣をポンポンと手で叩《たた》く彼女。ん？　それって……。

「もしかして、隣に座れと……？」

「うん。だって、近づかなきゃ一緒に読めないもん。だから、早くおいでよー」

「あ、ありがたき幸せです！」

いくら練習のためとは言え、推しと体を寄せ合えるのは心臓が止まるくらい嬉《うれ》しい。

俺はすぐさま彼女の隣に移動する。そして、漫画に視線を落とした。

瞬間――俺が漫画を読みやすいように、アイちゃんがこちらへ体を寄せた。

「奏太、大丈夫？　ちゃんとセリフ見える？」

「あ……ああ……！　だ、大丈夫だ……！」

いや、大丈夫じゃねぇ！　アイちゃんの肩が俺の腕に当たってやがる！　あのアイちゃんが、俺のとなりっ、隣に座って……！　あ、あ、ヤバい……恋人みたいに……！

「それじゃあ、しっかり聞いててね？　どんな意見でも、遠慮なく言って！」

「わ、分かった……！　頑張ってくれ！」

まさか、肩を寄せ合いながら推しの演技が聞けるとは……俺もう明日《あした》死んでもいい！

「それじゃあ、いくよ――『お疲れ様です。夏音先輩』」

そして、推しが演技を始めた。場面は第二巻の七話、秋山梨花がメインの話だ。いつも通り文芸部へと来た彼女。そこには先輩であり主役である『深草夏音』が先にいた。そして梨花が夏音に、恋人練習を求めていくという流れ。このシーンなら二人でできる。

『あ、お疲れ梨花。今日は早いねー』

彼女のセリフに合わせて、俺も次のセリフを読んでいく。

『あの……今日は澪先輩はいないんですか……？』

『うん。今日は家の用事で帰るって。だから、私たち二人だけ！』

『あ……そうなんですか……。二人、だけ……』

その返答を聞き、なぜだか顔を伏せる梨花。

『どうしたの？　なんか様子が変だけど……』

『あ……あの……夏音先輩……』

声を震わせて、梨花のセリフを読むアイちゃん。俺のセリフは棒読みだが、彼女の緊迫感のある読み方のおかげで、シーンの雰囲気が感じられる。

そして彼女はタメを作った後に言う。

『私と二人で、恋人練習をしてください！』

『えっ……!?　な、何言ってんの梨花ちゃん!?　あれは、いつも三人で……』

『分かってます……。でも私、今日はもう我慢ができないんです……。それに、将来恋人ができた時のための練習なら、二人きりでやるべきじゃないですか……？』

『い、いや……それは……』

二人きりというのは緊張するのか、歯切れの悪い返事をする夏音。

しかし、それでもしつこく迫る梨花に、最後は折れるかたちになる。

『わ、分かったよ……。それじゃあ……ちょっとだけ、一緒にくっついてみようか……？』

梨花ちゃんが、私の腕に抱き着く感じで……』

『分かりました……。先輩に、抱き着けばいいんですね……？』

そう言い、頬を赤らめる梨花。そして彼女は覚悟を決める。

『え……えいっ！』

可愛《かわい》らしいかけ声を上げて、夏音の腕に抱き着く梨花。

と、その時——俺の腕にも何かが触れた。

「えっ……!?」

『あ……夏音先輩、温かいです……』

梨花——いや、アイちゃんが俺の腕にギュッと抱き着いてきていた。

『こ、こうですかぁ……？　夏音先輩……？　こんな感じでいいですかぁ……？』

んっ、んんっ……!?　んんんん!?

相変わらず漫画に視線を落とし、梨花のセリフを読み続けるアイちゃん。

その上彼女は、まるで漫画の展開をなぞるかのように、俺の手に指を絡《から》めてくる。

『それとも……もっと大胆にするべきですかぁ……？』

加えて、さらに体を俺に寄せてきた。彼女の胸が俺の腕に強く押し付けられてしまう。

いや、ちょっと待て！　ここまでするか⁉　いくら練習だとしても、こんな風に動きまで真似《まね》るか⁉　もしかして、これがアイちゃん流のキャラ作りなのか……⁉

『えへへ……これなら、だいぶ恋人っぽいですねぇ？　先輩……！』

「……っ！」

よく見ると、アイちゃんの顔も梨花のように赤くなっている。セリフの合間に「はぁ……はぁ……」という荒い息遣いも聞こえ、興奮しきった様子を見せる。セリフの読み方も、どこかいやらしさを感じた。

普段のピュアな彼女からは、想像もできないような姿だ。

『いやいやいや……さすがに、これはちょっとやりすぎじゃ……！』

偶然にも、次の夏音のセリフと俺の気持ちがリンクした。

『いいえ……そんなことはありません……。はぁ、はぁ……！　どうせなら、もっとエッチで変態なこともするべきですよぉ……？　例えば、ほら……こんな風に……』

「えっ……わあっ⁉」

アイちゃんが突然、隣に座る俺に体重をかけ、力ずくで押し倒してきた。そして片手に漫画を持ったまま、器用に馬乗りの体勢をとる。

え、嘘《うそ》……？　やばくね？　俺もしかして、ピンチじゃね？

これ、漫画の通りならこのまま襲われる流れなんだけど……！

『ねぇ、先輩……私はもっと本格的な恋人練習を——恥ずかしいことをしたいんです……だから、私といっぱい乱れてくださぁい……♪』

そう言いながら、この先の漫画の展開通りに自身のシャツに手をかけるアイちゃん。

だ、ダメだ……！　これはいい加減に阻止しないとマズい——！

「いや、ちょっと待て！　一回中止！　一回練習中止しよう！」

『そんなこと言わないでください、先輩……。私、覚悟はできてるんですからぁ……！

先輩にならおっぱいもお尻も、全部見られてもいいんですぅ……！　むしろ、弄《いじ》られたいんですよぉ……！　私をいっぱい、辱《はずかし》めてくださいぃ……！』

悩まし気に身をくねらせて、『あぁん……だめぇ……！』とアイちゃんが喘《あえ》ぐ。

「ダメだこの子！　現実と演技がごっちゃになってる！」

『このまま……本番だったら、全部脱がないといけないんですよねぇ……？　でも、さすがに学校ですし……下着姿が限界ですかね……？』

「いや、下着姿でもアウトだから！　というかお願い！　コッチの世界に帰ってきて！」

ヤバいヤバい！　完全に暴走してるよこの子！

さらに彼女はセリフをスムーズに読み続け、シャツのボタンを半分以上外してしまう。

うわ、メッチャおっぱい見えそうですけど！　メッチャおっぱい見えそうですけど⁉

『はぁはぁ……体が熱いよぉ……！　興奮して、お股がキュンッてなっちゃうぅ……！」

まるでそういった行為を求めるように、自ら進んで腰を卑猥《ひわい》に振るアイちゃん。その度に見えかけのおっぱいが、ブルンブルンと目の前で揺れる。

『いやぁん……おっぱい見られて、恥ずかしいです……。これが恋愛なんですね……？』

「いや、絶対ちがうわ！　こんなんただの変態だよ！」

『それじゃあ、そろそろしましょうか……？　いつもみんなでしてるような、キス……』

「うん、お願いだから話を聞いて⁉」

『んー……』

俺の発言をスルーして、少しずつ顔を近づける彼女。

え……本気……⁉　この人、マジか⁉　マジでキスするつもりなのか⁉

「ちょっ、ダメだってアイちゃん！　さすがに本当にキスするのは……！」

『ん――……』

少しずつ、ほんの一ミリずつ、アイちゃんの唇が近づいて来る。

うわー！　やめろー！　いや、正直推しとキスできるとか最高すぎる状況だけど！

でもコレ、さすがにダメだって！　どうにかして早く止めないと！

「頼む、目を覚ませ！　今こそ目覚めの時だから！　覚醒してくれアイちゃ――ん！」

『ん――……』

しかしなおも正気に戻らないアイちゃん。

いや、どんだけ聞こえてないんだよ！　この距離だぞ！　正気に戻ってよ！

『夏音先輩、好きですよ……。ん――……！』

そしていよいよ、彼女の顔が目の前に迫る。もうマジでキスする五秒前――

「うわあああ！　練習なんかでキスしちゃダメだ――！」

叫びながら、じたばた暴れる俺。

そして、唇が本気で重なる直前――額に鈍い衝撃が走った。

「ぐわっ⁉」

「きゃあぁっ！」

彼女の顔が一気に離れ、お互い痛みに悶絶《もんぜつ》する。俺が暴れて、額をぶつけあったのだ。

うぐぐ……結構強く打ったな……これ、アイちゃんは大丈夫か……？

「うぅ……痛たた……。今のは一体……⁉」

「わ、悪いアイちゃん……ってか正気に戻った⁉」

「え……？　何のこと——って、キャアッ⁉　私、服脱いでるっ⁉」

慌てて胸元を隠すアイちゃん。あっ……なんかちょっと残念な気分……。

「あ、あわわ……！　しまった……私、またやらかしちゃった……！」

また……？　またって、どういうことだ……？

「わ、私……時々役に入り込みすぎちゃうことがあって……。演じやすいキャラの時だけは、やってるうちに我を忘れちゃうっていうか……。それで今回も、あんなことを……」

自分のしたことを思い出してか、恥ずかしそうに顔を逸《そ》らすアイちゃん。

もしかして、それが分かっていたこともあって、エッチな役は避けたかったのか……？

「で、でも！　そこまで役に入り込めるなら、これがはまり役ってことじゃないか？　それは、むしろ良かったじゃん！　エッチな役が似合うのも長所で——」

「きゃあああああ！　止《や》めて————言わないで————‼」

「うぎゃあああああああ⁉」

照れ隠しか、さっきとは別の意味で襲いかかってくるアイちゃん。そんな彼女をなだめるのには、一時間以上の時を要した。

※

その日以降も、アイちゃんは毎日夜遅くまで必死に練習をし続けた。

何度も原作を読み直しつつ、梨花というキャラクターを自分の中に落とし込み、しっかり役作りの基盤を固める。そして練習や本番でも変なスイッチが入らないように意識しながら、セリフをひたすら読み直す。色々と試行錯誤をしながら。

そうして数日が経《た》った今日。この日がいよいよ、オーディションの本番だ。

俺はアイちゃんとオーディション会場であるスタジオに行き、待合室で座っていた。周囲には他の参加者もいて、皆リラックスした表情で原稿の最終チェックをしている。

そして、肝心のアイちゃんはというと――

「『先輩、おはようございます。今日は、どんなことをして遊びますか？　またエッチの予行練習、しますか？』『先輩、おはようございます。今日は、どんなことをして遊びますか？　またエッチの予行練習、しますか？』」

俺の隣でガタガタ震え、セリフを呟《つぶや》くだけのｂｏｔと化しているのであった。

「『み、澪先輩……もっと、ください……。先輩のキス、もっとください……。先輩の知っている気持ちいいこと、私にもっと……教えてください……』」

「あの……アイちゃ～ん……？　大丈夫ですか～……？」

「ひゃ、ひゃいっ！　だだだ大丈夫れすかね⁉」

いや、俺が聞いてるんだけど……。この子、余裕なさ過ぎるでしょ……。

「えっと……アイちゃん。そんなに力まなくていいと思うぞ？　さすがにそれは緊張し過ぎじゃ……」

「だ、だって……！　もしも失敗したらと思うと、どうしても体が震えちゃって……。それに私、今オーディション十一連敗中だから……」

「え……？」

「あの『マジ☆マリ』に出て以来、メインはもちろんサブでも全然受かってないの……」

そういえば、彼女は『マジ☆マリ』以来アニメに出ていない。それは、オーディションの壁があったからなのか……。

「それを思うと、やっぱり自信が……。あうぅ……どうしよう……帰りたいかも……」

「いや、ここにいよう？　サボっちゃダメだから……」

こういう時、役者が元気になるように声をかけてあげるのが、マネージャーの役目なのだろう。でも俺には、なんと言えば彼女が前向きになるか分からない……。

そんな時、ふとブースの方に目がいった。すると丁度そのタイミングで、オーディションを終えた少女が出てくる。

年はアイちゃんと同じくらい。原稿を片手で握りしめ、顔を下へと向けていた。そんな彼女はまるで逃げるように、スタジオから走り去って、消えた。

その際、チラッと見えたのだが……彼女の目からは、水滴がしたたり落ちていた。

「今の子……泣いてた、のか……？」

「失敗したんだ……。セリフを噛《か》んだか、間違えたか、それとも声が裏返ったのか……」

想像してゾッとしたのか、体を縮こまらせるアイちゃん。これから芝居をする彼女にも、その可能性は付き纏《まと》う。

「うぅ……！　やだよー、怖いよー！　私も失敗するのかな……？　その前に一度、家に帰ってやり残したことを片付けないと……。スマホのデータも消去しなきゃ……」

「いや、だから帰っちゃダメだって。ミスったら死ぬわけでもないし」

しかし……こんな状態じゃ、とてもいい声は出せないだろう。普段の可愛《かわい》らしさを一パーセントも発揮できずに、オーディションを終えるに違いない。

そんなの……そんなの、勿体《もったい》なさすぎる。

彼女には、きちんと全力を出し切ってもらいたい。たとえ結果がどうなろうとも、しっかり実力を出したうえで、勝つか負けるかしてほしい。

そんな思いが浮かんだとき。俺は、自然と口を開いていた。

「あのさ……アイちゃん。もっと、気楽にやってもいいんじゃないかな？」

「え……？」

「だって、もったいなくないか？　せっかくオーディションが受けられるのに、そんな沈んだ気持ちでいるのは！」

勢いでその場に立ち上がる俺。周囲の視線が集まるが、構わずアイちゃんへと語る。

「そもそもオーディション自体、アイちゃんみたいに事務所のお世話になっている人しか受けられないわけだし。だったら、今ここにいるだけでもすでに幸運だと思うぞ！」

「それは……確かに、そうだけど……」

「だったら、もっと楽しまないと！　誰もが受けられるわけじゃない試験……ここにいるだけで、アイちゃんはすごい人なんだから！　もっと得意げになってもいいだろ!?」

「な、なるほど……！　言われてみれば、一理あるかも……！」

「この本番は、アイちゃんに対するご褒美《ほうび》なんだ。今まで声優活動を頑張ってきたアイちゃんへの！　だから結果は心配せずに、思う存分楽しめばいいんだ！　それにそう思っていた方が、受かる確率も上がりそうだと思わないか？」

そう尋ねると、アイちゃんはしばらく考え込む。そして、少し後に頷《うなず》いた。

「うん……そうだね……。分かったよ！　確かに私も最初の頃は、オーディション自体を楽しんでた……。『マジ☆マリ』の役が決まった時も、そんな気持ちだったかも！」

「それじゃあ、大丈夫か？　楽しめそうか？」

「大丈夫！　今日の私は一味違うよ！　今度こそ、楽しんで勝ちに行くんだから！」

※

幸いアイちゃんは立ち直り、本番までの残り時間は冷静に原稿チェックができた。

そして、二十分くらい後だろうか。ついにアイちゃんの名前が呼ばれ、彼女はアフレコブースに入った。そこは声優が演技を行う部屋で、マイクとモニターが用意されている。

ちなみに俺は、そのアフレコブースの後方にある調整室で彼女の様子を眺めていた。ここは音響監督をはじめとしたスタッフたちのいる場所で、二つの部屋はガラスで仕切られているために、ブース内を見ることができる。また、アニメ監督や演出、脚本の人たちも、ここでオーディションの様子を見守っていた。

さて……いよいよオーディションが幕を開けるわけだが……ここにきて、不安材料が。

「…………」

それは音響卓の前に無言で座る、ガタイの良《い》い中年の男性。雰囲気からして音響監督という、偉い立場の人間だろうが……。いや、この人メチャクチャ怖すぎるだろ。

まるでヤクザ屋さんみたいな強面《こわもて》に、ラガーマンもびっくりなガタイ。そんな人が卓の前に座り、最前列でアフレコブースを眺めていた。

え……？　こんな人が演技を見るの……？　オーディションの審査をするの……？　絶対やめた方がいいって。こんな威圧感出されたら、演者全員恐怖で漏らすわ。

ってか、アイちゃんは大丈夫なのか……⁉　こんな人が審査員にいて――

「では、準備はいいですか？　相崎優香さん」

『はっ、ひゃい！　だだっ、大丈夫でしゅ！』

うわぁ、やっぱり怖がってる！　あの監督に話しかけられて、間違いなく今ビビってた！　この緊張が、せっかく気持ちを持ち直したアイちゃんの妨げにならなければいいが……。

とにかく、俺は祈るしかない。彼女が無事に演じ切るのを！

「それでは、いつでもお願いします」

音響監督が言うと同時に、CUEランプが赤く点灯する。演技を始めるきっかけだ。

アイちゃんは小さく息を吸い、最初のセリフを読み始める。

『先輩、おはようございます。今日は、どんなことをして遊びますか？　またエッチの予行練習、しますか？』

アイちゃんらしい、甘くてとても可愛らしい声。幸い、調子はいいようだ。練習通りにできている。

『み、澪先輩……もっと、ください……。先輩のキス、もっとください……。先輩の知っている気持ちいいこと、私にもっと……教えてください……』

少しエッチ度の高いセリフも、問題なくこなしていくアイちゃん。

彼女に言うと恥ずかしがるかもしれないが、やはりアイちゃんの声はエッチ系のセリフにも合っている。最初に俺が睨《にら》んだとおりだ。

見ると、演出や脚本のスタッフさんも、『うんうん』と、彼女の演技に頷いている。あの強面の監督は黙って見つめているだけだが、他の人は認めてくれている。

そして、次でいよいよラスト。最後のセリフは、『あーっ！　私のフルーツポンチ！夏音先輩、ひどいです。そんなことするなら……もう胸、触ってあげませんからね？』だ。

今の調子なら、問題ない。少なくとも彼女の全力は出せている。

やっぱり、俺はこの子の演技が好きだ。この子の声が大好きだ。

実力はまだ拙《つたな》くても、自分なりに磨いた特徴的な高い声で、エロエロしくも可愛い少女を演じきることができている。だから俺は、自信を持って彼女を推していられるんだ。

そして、いよいよ彼女が口を開く。最後のセリフを、その声で発する――

『はぁっ……はぁっ……！　んんっ……あぁぁ……っ！』

……ん？

あれ……？　なんかアイちゃんの様子、おかしくない？　息が荒くなってない……？

『澪先輩ぃ……私、体が変なんですぅ……！　さっきから、胸がキュンキュン疼《うず》いちゃってぇ……だから、お願いです……おっぱい、揉《も》みしだいてくださいぃ……！』

それに、オーディションに必要じゃない原作のセリフまで読んでいる。顔を火照《ほて》らせ、淫靡《いんび》な表情になりながら、エロいセリフを抜群の臨場感で読むアイちゃん。

この見覚えのある感じは、もしや……！

『私とエッチ、しましょうよぉ……。二人で、犯し合いましょう……？　はぁはぁ……』

やっぱりだ――‼　やっぱりこの子、演技中に変なスイッチが入ってる！

こうならないように何度も繰り返し読み合わせをして、エロゼリフに慣れたはずなのに！　本番の緊張感のせいなのか、あの練習の時みたいに興奮しきってしまっている！

とにかく、このままではマズい……！　こんな状態じゃ、まともな演技はできないだろう。現に今も、無関係なセリフを演じているし。

「優香さん……？　原稿にない演技はしなくていいので、最後のセリフをお願いします」

音響監督が指示を出す。その声に気づき、彼女は「はぁい……♪」と返事をする。

そうだ。ひとまず、最後のセリフを読めばいい。それでオーディションは終わるんだ。

彼女を正気に戻すためにブースに入ったりできない以上、致命的なミスをする前にオーディションを終えてもらうしかない。

頼むぞ、アイちゃん！　これ以上おかしなことは言わず、無難に演技を終えるんだ！

そう俺が祈り始めた直後、アイちゃんが再び口を開く。最後のセリフを言い放つ。

『あーっ！　私のフルーツチンポッ‼』

――ん……？

『夏音先輩、ひどいですぅ……そんなことするなら……もう胸、触ってあげませんからねぇ……？』

……あれ？

いや、ちょっと待って。ちょっと待って。今……あの子、なんて言った……？

『フルーツチンポ、食べたかったのにぃ……！　夏音先輩のいじわるぅ……！』

いや、ほんと待って！　あなた何を言ってんのぉぉぉぉ⁉

変なスイッチが入ったあまりか、とんでもない単語を口走るアイちゃん。それにより、調整室の誰もが黙り、とんでもない空気に包まれる。

……だが、そんな沈黙はすぐに破れた。あの音響監督の大声によって。

「ぷっ……くくっ……あはははははははっ！」

音響監督が腹を抱えて体を揺らす。

「なんだ今のセリフ！　言い間違えか⁉　あーっ、ひーっ！　腹痛《いて》ぇ――――！」

うわー！　この人爆笑してるー！　あの強面が爆笑してるーっ‼

このいかにも堅物で厳しそうなヤクザもどきの鬼瓦がここまで爆笑するなんて……。さらにそれが呼び水となったのか、他のスタッフたちも死ぬほど笑い転げ始めた。

『せめて、とっておいてくださいよぉ……私の分のフルーツチンポぉ……』

おい、やめろアイちゃん！　お前は落ち着けぇ！　これ以上傷口を広げるな！

そんな思いを込めて、俺はガラスの向こうの彼女に『落ち着け！』というジェスチャーをする。そのおかげか、ふと彼女が俺の方を見た。そして――

『…………っ！』

ハッとした表情をする彼女。どうやら正気に戻ったようだ。

『あ、あれ……？　いま私……ひょっとして、とんでもないことを……!?』

しかし同時に、自分が口にしたことを一気に思い出したらしい。笑い転げるスタッフを見て、あまりの羞恥に再び顔を真っ赤に染める。さらに涙目で震え出すアイちゃん。

そしてそのまま、彼女の番はお終《しま》いとなった。

※

その帰り道は、完全にお通夜《つや》ムードだった。

「…………」

下を向き、力なくトボトボと歩いていくアイちゃん。その姿は、涙を流しながら会場を去ったあの少女よりも痛ましい。

なにせ、チンポだもんなぁ……。あの間違いはなぁ……。正直ちょっと興奮したよね。

「消えたい……塵《ちり》になって消えたいよ……」

いや、思い出してる場合じゃない。マネージャーとして彼女のケアをしないとな……。

「え、えっと……アイちゃん！　今日はお疲れ。頑張ったな……？」

「……ううん。全然頑張ってないよ……」

「いやいや、凄《すご》く頑張ってたぞ！　改めてアイちゃんの声があああいう役にも向いていることが確認できた！　それにプレッシャーも撥《は》ね除《の》けて、普段の感じで演じてたし！」

「そうかな……？　普段は『フルーツチンポ』なんて、口が裂けても言わないよ……？」

「スタッフたちの反応も、これ以上ない程よかったぞ！　みんな満足してる感じで……」

「うん……大爆笑だったよね……？　お笑いのオーディションなら良かったのにね……」

ダメだ。何を言ってもネガティブに捉えられてしまう……。俺まで心が折れそうだ。

「で、でもさ……あれくらいのこと、よくあるって！　だから気にする必要はないさ！」

「あうぅ……」

「それに、演技自体は良かったんだから！　まだ落ちたと決まったわけでもないし！」

「あうぅぅぅ……」

「本当に、スタッフの反応は悪くなかった！　もしかしたらまだ可能性が……」

「うわあああああ〜〜ん！」

突然、アイちゃんが泣き叫んだ。俺の体がビクッと情けなく跳ねる。

「お願いだから、気休めは止《や》めて〜〜！　これ以上何にも言わないで〜〜〜！」

そう言い、アイちゃんが突然走り出す。

「あっ、アイちゃんっ!?　ちょっと待って――」

「うわあああ～～ん！　ついて来ないで～～！」

追いかけようとした俺に対して、泣きながらそう言い放つ彼女。そして、一人で家へと走り去ってしまう。

しまった……。慰めようとして、逆に傷を抉《えぐ》ってしまったようだ……。今の状況は、何も言うべきじゃなかったのかも……。

これは、彼女とまた話ができるようになるまで、かなり時間がかかりそうだ……。

事実、俺が帰宅しても、アイちゃんは部屋に閉じこもって姿を見せようとしなかった。

今の俺にできることは、一つ。ただ彼女を、放っておくことだけだった……。

幕間《まくあい》　ある未来の日常　二

——二〇二五年、八月。

「ねぇ、奏太《かなた》ー！　あとどれくらいで着きそう？　私、お風呂《ふろ》に入りたいよー」

「大丈夫だ。もうすぐ着くからな」

稽古場から車で帰る中、アイちゃんはあまりの暑さに息を切らしつつおねだりをした。

車内は冷房が故障中で、馬鹿みたいな暑さになっていた。その上今日の収録は、難しいセリフが多くて苦労していたし……。そりゃ、疲労もたまるよな……。

リクエストに応えるために、俺はできるだけ速く車を走らせる。そして帰宅すると、ちょうどお風呂が沸いたところだった。出る前に準備しておいたのだ。

「やったーっ！　これで汗を流せるよー！　急いでシャワー浴びないと……！」

一目散に荷物を置いて、脱衣所へ入っていく彼女。

しかし、扉を閉める前に言った。

「奏太も早くね？　私、先に入ってるから」

「ああ、分かってる。今行くよ」

答えて自室に向かう俺。荷物を下ろし、替えの服を用意。そして脱衣所の前に戻る。

その後、俺は躊躇《ちゅうちょ》なく扉を開けた。

「あっ、奏太。早かったね！」

脱衣所では、服や下着を全て脱ぎ捨てたアイちゃんが俺を待っていた。

「ほら、奏太も服脱いで。あ！　よかったら脱がせてあげよっか？」

「なんでだよ。自分で脱げるって」

彼女は全裸であるにもかかわらず、冗談を言いながら俺を受け入れる。

新婚になってからというもの、これも俺たちの日常の風景だった。

「わっ。やっぱり奏太の体は立派だね……！　結構筋肉ついてるみたい……」

「うわっ！　いきなり触るなよ。びっくりするだろ？」

「だって、感触楽しいもん。へぇ～、奏太の体、本当にすごい♪」

いや、それを言うならアイちゃんの方がすごい体をしてるだろ……。

白く繊細な肌に、女の子らしい華奢《きゃしゃ》な体つき。手足はか弱さを感じさせるほど細く、腰はしっかり括《くび》れている。それでいて、胸やお尻など、出るべき部分はしっかりと出ていて……。うん。ヤバい。語彙力を失うレベルでヤバい。俺も触っていいですか？

「奏太ー？　なんか目線がエッチだよ？　さすがに恥ずかしくなっちゃうんだけど……」

「えっ……!?　あっ、悪い！　そんなつもりじゃ……！」

「あははっ。何度も一緒にお風呂入ってるのに、お互い相手の体に慣れないよね？　興味を失われるよりもいいけど」

そう言い、嬉《うれ》しそうな顔をするアイちゃん。興味失うって、アイちゃんの体に？　いや、そんなことあるわけないだろ。オタクに優しい黒ギャルの存在くらいあり得ない。

なんて思いながら、俺も下着を脱いで洗濯機に放る。そして二人で浴室に入った。

「ふぅ～！　今日も一日疲れたなぁ～」

早速シャワーノズルを手にするアイちゃん。よほど暑いのか、まずは水を浴び始める。

「んあぁぁ～っ！　気持ちいい～～！　快感だよ～～～～っ！」

「おい、アイちゃん。喘《あえ》ぐな。エロゲの仕事は受けてないぞ」

「喘いでないもーん。えいっ、喰《く》らえー！」

「うひゃあ冷てぇっ!?」

「あはははっ！　思い知ったかー！　あはははははっ！」

シャワーを俺に向け、冷水を浴びせてきやがるアイちゃん。こいつやりやがったな！

そんなことしたら俺が可哀想《かわいそう》だろ！

風呂の桶《おけ》や蓋を使って防御しようとする俺と、笑顔で攻撃を仕掛けるアイちゃん。しばらく二人でじゃれ合いながら、汗を綺麗《きれい》に流していく。

さらにその後、俺が体を洗うために石鹸《せっけん》やスポンジを手に取ると——

「えへへっ……。ダーリーン♪」

「うおっ——？」

アイちゃんが腕を回して、横から俺に抱き着いてきた。

「あ、アイちゃん……？　今度はどうしたんだよ？　っていうか、その呼び方は……？」

「せっかく新婚さんになったんだもん。こういう呼び方もいいでしょ？　ダーリン♪」

確かに、そう呼ばれて甘えられるのも、正直言って悪くない……！

「えへへっ♪　うりゃあ〜！」

さらに彼女は俺の体に当たった胸がムニュンと撓《たわ》むのも気にせずに、ギュッと抱き着く力を強める。

「ちょっ、アイちゃん。このままじゃ体洗えない。離れて」

「あははっ。ガンバレ、ガンバレ♪　ダーリン♪」

「いや、無理だから。完全に密着されてんじゃねーか」

「んふふ〜♪　ギュ〜、ギュ〜〜〜ッ♪」

笑いながら、アイちゃんが俺の邪魔をする。というより、とことん甘えている。

推しの声優に甘えられる状況……これ以上ない幸せだ。もっと甘やかしたくなる。

「しょうがないな……。じゃあ、先にアイちゃんの体を洗ってやるよ」

「ホント？　やったー♪」

笑顔を浮かべて、子供っぽくバンザイをする彼女。あ、可愛《かわい》い。写真とって飾りたい。

「それじゃあよろしく！　私の背中、預けちゃうからね！」

「ああ、任せろ！　マネージャーとして、隅々まで綺麗にしてやるさ！」

可愛い嫁におねだりされたら、引き受ける以外に選択肢なんてございません。彼女の後ろに移動して、石鹸でスポンジを泡立たせる。そしてアイちゃんの背中を洗い始めた。

「どうですか～？　お痒《かゆ》いところはございませんか～？」

「ん～？　先っちょ」

「どこのだよ具体的に教えろよ」

適当な会話を続けつつ、ごしごしと背中を擦《こす》っていく。

しかし毎回思うことだが、女性の体って不思議だな。こんなに細くてか弱いのに、触れるとモチッと弾力がある。そして、何より柔らかい。その感触に、胸の鼓動が速くなる。

ってかこの美しさ、もう芸術品では？　ルーブル辺りの美術館で展示したほうが人類のためになりそうだ。でもやっぱ独占したいから却下で。

なんて馬鹿なことを考えていると、アイちゃんが声をかけてきた。

「えへへ……やっぱり、ダーリンの手つきは心地いいかも」

「え……？　そうか？　とりあえず、力を入れすぎないようにはしてるけど……」

「私……ダーリンのそういう優しいとこ、好きだよ？」

「…………っ！」

不意打ちで言われて、思わず顔がにやけてしまった。幸いなのは、アイちゃんの後ろにいるおかげで、このだらしない表情を見られなかったことだろう。

ここで「俺も好きだよ」なんてセリフを言えたらいいのだが、それはさすがに恥ずかしい。代わりに「ありがとう……」とだけ返事をし、彼女の背中を洗い続ける。

そして、しばらくスポンジで擦った後にシャワーで背中全体を流した。

「ふぅ……。これでひとまず完了かな」

「お疲れ様。ありがとう！　──じゃあせっかくだし、次は私が洗ってあげる！」

「え……？」

背中を向けていたアイちゃんが振り向く。すると、ほどよく実った二つの双丘がブルンブルンと揺れながら、俺の目の前に現れ、ちょい待て。

「アイちゃん、いいのか……？　おっぱいいっぱい見えてるけど……」

「あっ……！」

気づいたアイちゃんが、慌てて胸を両手で隠した。

「も、もう……！　いちいち言わないでよー！　余計恥ずかしくなっちゃうよ！　一緒にお風呂入ってるんだから、胸見られるくらい覚悟してるのに……」

「わ、悪い……つい……。急に見えると、どうしても……」

何度か混浴していても、童貞感がまだ抜けない。ふとした瞬間にドキドキする。それはアイちゃんも同じのようで、頬を赤く染めている。その初心《うぶ》な反応に愛《いと》しさが溢《あふ》れた。

「と、とにかく！　次は私がダーリンの体を洗ってあげるよ！」

スポンジを手から取り上げて、俺に後ろを向かせるアイちゃん。

「いや、俺はいつも通り自分で洗うからいいぞ？」

「遠慮しないで、これくらいはやらせて？　だって私、奏太の妻だもん」

「………………！」

奏太の妻だもん。奏太の妻だもん……！

いや、これはアカン。可愛《かわい》すぎる。セリフの破壊力が高すぎる。ってか、何この子？

何この生き物？　この尊さ、もはや天使じゃね？　背中に羽とか生えてないかな。

「ねぇねぇ……奏太は私のこと、好き？　妻として、愛してくれてる？」

「も、もちろん！　大好きだ！　一生アイちゃんを愛し続ける！」

今度はちゃんと口にした。勇気をもって、本心を。

「ふふっ……よろしい♪　それじゃあ、背中洗ってあげる！」

スポンジで泡立て、女の子らしい力加減で背中を擦ってくれるアイちゃん。「よいしょ、よいしょ」と呟《つぶや》きつつ、一生懸命洗ってくれる。可愛いなあもう。可愛いなあもう！

と、ご奉仕を堪能《たんのう》し始めた時。アイちゃんが思い出したように呟く。

「あれ……？　そういえば、こんなこと前にもあったような……？　こうやって好きな人の体を洗うシーンを、演じたことがある気がする……」

「え……？　あぁ、多分アレじゃないか？　ほら、来月から三期の収録が始まるアニメ」

「あっ、そうそう！　あのエッチな作品！　あれの一期の第五話のお風呂シーンだ！」

それは、アイちゃんが昔オーディションを受けた、エロコメ系の作品だ。

「あの仕事、今思うとすごく大変だったよね……。キャラが個性的で、その上とんでもなくエッチだったし……」

「でも、アイちゃんは見事に演じきったよな。評判、すごくよかったぞ」

あの作品は、元々原作の漫画の方はそこまで人気というわけではなかった。アニメ化するとはいえ、世間の注目度は低かったのだ。

しかしいざ放送してみれば、そのシーズンの覇権アニメに昇りつめた。原作通りの過激なキャラとストーリーに声優の可愛い演技がマッチし、かなりの話題を呼んだのだ。

「マイナーだった『あの作品』がこんなに話題になったのは、間違いなく声優の——とりわけ、アイちゃんの力だよ。本当によく頑張ってくれたな」

「奏太……！」

「三期の収録も、この調子でよろしく頼む。アイちゃんなら、絶対できるから」

「うん……！　任せて、奏太！　大好きっ！」

アイちゃんが背中越しに抱き着いてくる。結果胸が強く押し付けられて、その幸せな感触で俺の頭はいっぱいになった。

第三章　推しは勝手に増えるもの

学校が終わり、バイトの後。

俺は一人で事務所を出て、家に向かって歩いていた。アイちゃんに電話をかけながら。

「……出ないか」

オーディションから三日経《た》つが、俺はいまだに彼女と仲直りできずにいた。というのも、アイちゃんは中々立ち直れないようで、部屋にこもっていて話す機会がなかったのだ。

無責任な励まししか言えずに力になれなかったこと、謝りたいんだけどなぁ……。

きっとまだ、彼女は落ち込んでいるはずだ。もしかしたら、今回の大ミスで心が挫《くじ》けているかもしれない。練習をする気がなくなったり、声優を辞めたくなっているかも……。

「だ、ダメだダメだ！　そんなこと絶対認めないぞ！」

アイちゃんが声優を辞めてしまったら、もう二度とあの可愛らしい声を楽しめなくなってしまうじゃないか！　アイちゃんが新しいキャラクターを——それもメイン級のキャラを演じるのを、狂うほど楽しみにしているのに！

しかも、アイちゃんが夢を諦めたら……同時に俺も仕事クビになるじゃん。

それはヤバい……本当にヤバい……！　今収入を失ったら、食べ物すら買えなくなってしまう。それに、学費もやっぱり払えない。高校中退はさすがに怖いぞ……！　そんなことになったら、ちゃんと社会に出られるか分からない……！

と、とにかく……彼女がやる気を失わないよう、ちゃんと励ましてあげないと。

そのためにも、早く彼女と話したい。それに、伝えたいニュースもあるし……。

そう思って歩いていると、家の前に到着した。俺は若干悩みながら、玄関を開けて廊下を歩く。すると――大きな声が耳に届いた。

『拙者親方と申すは、お立会いの中《うち》に、御存じのお方もござりましょうが――！』

それは、アイちゃんの声だった。よく通る、女の子らしい甘い声。

『お江戸を発《た》って二十里上方《かみがた》、相州《そうしゅう》小田原《おだわら》一色町《いっしきまち》をお過ぎなされて――』

どうやら、発声練習の途中のようだ。有名な練習法である『外郎売《ういろううり》』を読んでいる。

俺はその声を聴きながら、彼女がいるであろうリビングへと進む。

そしてアイちゃんの姿が見えた時。同時にあっちも俺に気づいた。

「『青物町を登りへおいでなさるれば――』って、キャアッ！　奏太、帰ってたの⁉」

「あ、ああ……。ただいま、アイちゃん。……発声練習、頑張ってるな……？」

「う、うん……。ありがとう……」

俺を見て驚くアイちゃんに対し、労《ねぎら》いの言葉を口にする。彼女は気まずそうに視線を逸《そ》らすが、どうやらやる気を失ってるわけではなさそうだ。

いや……。それどころか、彼女はすでに立ち直っていた。

「私、いてもたってもいられなくて……。なんでもいいから、頑張りたくて……」

「え……？」

「この前のオーディションみたいな失敗を、二度と繰り返さないように……もっと努力したいって思ったの。それで、次は言い間違えないように長ゼリフを読む練習を……」

それは素晴らしい考えだ。この三日間で、彼女なりに色々考えたんだろう。心配が杞憂《きゆう》に終わったと思い、俺はホッと息を吐《つ》く。

すると……アイちゃんが唐突に言い出した。

「か、奏太……！　あの時はごめんなさいっ！」

いきなり謝り、俺に頭を下げるアイちゃん。え、なに？　一体どうしたん……!?

「あのオーディションの帰り……私、すごく勝手なことを言っちゃったから……。せっかく慰めてくれたのに、ついて来ないでとか言っちゃってごめん！　ファンを裏切る、最低なことをしちゃったと思う！」

「い、いや……俺は、裏切られたなんて思っては……」

「でも……色々迷惑かけちゃったことは事実でしょ……？」

確かに、あれからずっと心配はしていた。今は立ち直っていて、ほっとしたが……。

「あのミスのせいで、落ち込んだり恥ずかしかったりで気持ちの整理つかなくて、全然謝れなかったけど……どう考えてもさすがに私が悪いから。だから本当にごめんなさい！」

「アイちゃん……！」

「私、奏太をクビにさせないためにも、次のオーディションでは必ず挽回《ばんかい》してみせるから！　だから……許してくれると、嬉《うれ》しい……」

頭を下げた後、不安そうにチラチラこちらを窺《うかが》う彼女。その瞳は、綺麗《きれい》に潤んでいた。

そう言ってくれて、安心した。彼女と仲直りできそうだ。

しかし、俺はすぐに『怒ってないよ』とは言えなかった。

なぜなら、他に言うべきことがあったからだ。

「なぁ、アイちゃん……。一つ、誤解をしてないか……？」

「え……？」

「アイちゃん……今回のオーディション、受かったぞ？」

「……ふぇ……？」

アイちゃんの目が、呆《ほう》けたように点になった。

「いや、だから……オーディション、受かったんだって。秋山梨花《あきやまりか》役。おめでとう」

「え……？　……えぇ？　ええええええええええええ⁉」

近隣への迷惑が心配になるほど、大きな声を上げるアイちゃん。

「えっ、嘘《うそ》⁉　私、落ちたんじゃないの⁉　即落ち確定してたんじゃ⁉」

「いや、そんなこと俺は言ってないぞ……？　結果は今日、事務所に電話があったんだ。

アイちゃんに梨花役をお願いしたいって」

「ど、どうして⁉　分からない！　私セリフ間違えたんだよ⁉　フルーツチンポって言ったんだよ⁉　オーディション中にチンポなんて口走ったんだよ⁉」

「落ち着け落ち着け！　あんまりその単語を使うな！　女の子が言っちゃダメなやつ！」

個人的には、推しの発するエロい言葉とか、ただのサービスなんだけども。

「でも、なんでそれで合格になるの⁉　逆に納得できないよー！」

「あー、一応理由も聞いてきたぞ」

合格を決めた監督曰《いわ》く、アイちゃんの声がイメージとピッタリ合っていたようだ。可愛《かわい》らしい演技も魅力的で、役にハマると評価してくれたみたいである。確かに本番でミスもしたけど、熟練してない新人っぽさもむしろプラスに働いたらしい。そういう意味では、あそこでセリフを噛《か》んだのが、むしろ良かったのかもしれない。

「な、なるほど……。そういうことなんだ……」

合点《がてん》がいったらしく、アイちゃんが落ち着きを取り戻す。

「ミスに関しては、正直ちょっと複雑だけど……。でも、ちゃんと声と演技を評価してもらえたのは事実なのかな……？」

「ああ、そこは誇っていいと思う。正真正銘、アイちゃんの実力で勝ったんだ！」

さすがはアイちゃん。俺の推し！　やってくれると信じていた！

「やった……やったぁ！　十二回ぶりのオーディション合格……！　これで毎週、アフレコに呼んでもらえるんだ……！　こんなに嬉しいことは無いよ！」

「あくまで直近の目的は主役かヒロインを取ることだけど、これは大きな一歩だと思う。目標に大きく近づいたはずだ！」

「うん！　この調子で、主役級の役も絶対取るよ！　それにもちろん、このお仕事もしっかり全力でやり切って見せる！」

この成功で、アイちゃんの気持ちが高ぶっている。マネージャーとしても喜ばしい。

「そういえば、あの作品って深草夏音《みくさかのん》と瀬川澪《せがわみお》が主役らしいけど……その二人は誰に決まったの？　そっちも結果は出てるよね？」

「あー、そういえば聞いてたな。主役の夏音役は『江崎《えざき》ネネ』、準主役の瀬川役は『夢乃《ゆめの》リン』だったと思う」

江崎ネネは、ファンの間では『ネネちゃん』の愛称で親しまれる、最近話題の若手声優だ。俺の知る限り、まだメディアでの露出はないが、『奥手彼女の仮恋生活』や『恋愛シェアリング』など、ラブコメを中心に幅広い作品に出演している。

一方、夢乃リンは『リンリン』という愛称で、こちらは本当にデビューしたての声優らしい。出演作は、デビュー作の『ちぇっくめいと！』一つのみ。しかしすでにコアな声優ファンの間で、名が広まっている人物だ。

二人とも、『アイちゃん』ほど推しているわけではないが、俺も大好きな声優である。ってか、アイちゃんと一緒に現場に行けば、俺もこの二人と会えるんじゃ……!?

うおおマジか!?　アイちゃん以外の推しと会えるなんて、声優業界狭いな！　万歳！

「この作品、登場するのは主に私たちだけみたいだし……収録はこの三人でやることになるのかも……。二人とも私より人気あるし……。うぅ……なんか、緊張しちゃう……」

「そんな構えなくても大丈夫だって！　それにあっちの方が人気なら、色々教えてもらえるかもだろ？　いい機会と思って、勉強させてもらわなきゃ！」

「確かにそうかも……！　胸を借りる気持ちで頑張らないとね！」

そう言い、改めてやる気を出すアイちゃん。

しかし、この時はまだ思ってもいなかった。

アイちゃん以外のメインキャスト二人が、あんな人たちだったなんて……。

※

そして迎えた、収録初日。

この日の収録は夜から行われることになっていた。俺は事務所でのバイトが今日は休みということもあり、学校が終わってからすぐに、スタジオ方面の電車に乗った。

本番開始まで時間はあるが、きっとアイちゃんもすぐに来るだろう。そう思いながら、しばらく待つために休憩用のロビーへ行く。すると――

「うおっ……⁉」

そこにはすでに、一人の女性が座っていた。

長い黒髪が美しい少女。優し気な眼《め》つきやぷっくりとした唇といった瀟洒《しょうしゃ》で大人びた顔立ちに、スタイル抜群の体つき。モデルと言われてもすんなり信じられるほどのオーラをその身に纏《まと》っている。

なんか、すごい綺麗な人だな……！　突然視界に入れるには、心臓に悪いほどの女性。

しかしここにいるということは、桃色ＬＩＰＳに出演する声優さんの一人だろうか？

いや、待てよ……？　なんだかこの人、どこかで見たことがあるような……？

「──あ」

俺が彼女を見つめて立ち止まっていると、相手も俺に気づいたようだ。

「え……うそでしょう……？　奏太君《かなた》……⁉」

「え……⁉」

相手が俺の名前を呼ぶ。なんでこの人が知っているんだ……？

「驚いたわ……。どうして奏太君がここに……？　ここ、収録スタジオよ？」

「あ、あの……？　すみません。あなたは一体──」

「分からないの……？　あぁ、それもそうね……。いつもの私と違うから」

彼女は急いで鞄《かばん》を漁《あさ》り、地味っぽい眼鏡を取り出した。さらにそれをかけて俺を見る。

その姿を目にした瞬間、俺の全身に鳥肌が立った。

「なっ……⁉　ま、まさか……寧々《ねね》さんですか⁉」

「ええ。久しぶりね？　奏太君」

そこにいたのは、見慣れた顔。『つばさ書店』の店主の娘、佐伯《さえき》寧々さんだった。

「ほ、本当に寧々さんなんですね……⁉　雰囲気違うから、気づかなかった……！」

「ふふっ。やっぱり、眼鏡を外すとだいぶ変わるかしら？」

「そうですね……。それにまさか、こんなところで会うとは思いませんし……」

あれ……？　ってか、どうして寧々さんがこのスタジオに……？

と、俺が思うのと同時。寧々さんがこちらの疑問を察したのか、自ら進んで口を開く。

「えっと……私は、今日はお仕事よ。これから収録が控えているのよ」

「収録……？　も、もしかして……その仕事って……」

「ええ……。私、実は声優をしているの……。江崎ネネっていう名前で……」

「江崎ネネ……マジですか⁉」

そんな、嘘だろ……⁉　寧々さんが、主役の深草夏音を演じる、『江崎ネネ』さんの正体か……⁉　いや、そんな馬鹿な！　俺は今、彼女にからかわれているのか……⁉

でも嘘をついている様子はないし、そうでなければ彼女がここにいる理由がない……。

ということは、紛れもない真実……！

ま、まさか……仲の良《い》い書店員さんが、人気声優の『ネネちゃん』だったなんて……！

「そういう奏太君こそ、どうしてここに？　同業者ってわけじゃないでしょう？」

「は、はい！　俺はマネージャーとして来ています。最近、タレント事務所でアルバイトをしてまして。成り行きで、アイちゃんっていう声優のマネージャーをしてるんですよ」

「なるほど……。奏太君も、声優に関わる仕事をしてたのね……」

これはなんという偶然だろうか。声優なんてそこまでありふれた職業じゃないのに、二人ともそれに関する仕事をしているなんて……。

「でも、正直少し恥ずかしいわね……。まさか、奏太君に秘密がバレちゃうなんて」

「いや……そもそも、どうして言ってくれなかったんですか⁉　声優さんなんて、すごいじゃないですか！　もっと早く教えてくれれば良かったのに……」

「自分で言いふらすことでもないでしょ。それに、言わないメリットだってあるのよ」

「メリット……？　そんなのあるんですか？」

「例えば……奏太君が『江崎ネネ』をいっぱい褒めてくれるのを聞けたり？」

えっ……？

「奏太君、江崎ネネの良さを語ってくれたでしょ？　私、ハッキリ覚えているわ。『あのセクシー系の澄んだ声には、他の誰にも出せない程の個性の強さがありました！』って」

「……あっ！」

そういえば、言った……！　前に寧々さんの書店に行ったとき……！

「私の声をすごく好きって言ってくれたわよね？　あれはとっても嬉《うれ》しかったわ♪」

うわあああ⁉　俺は何をやってんだああああ⁉　本人の前でネネちゃんの声がいかに可愛いか語ってやがったああああああ！

うわ、ヤバッ！　恥ずかしっ！　推しのことを直接褒めるのはアイちゃんにもやってるし問題ないけど、目の前にいるのが本人と知らずに、熱く語ってしまうのはダメだ！　だってなんか間抜けじゃん！

「そんなに恥ずかしがらないで？　おかげで私、すごく元気が出たんだから。こんなに褒めてくれる人がいるなら、もっと頑張らないとって。だからありがとう、奏太君」

寧々さん――いや、ネネちゃんが笑顔を向ける。まぁ、喜んでくれたならいいか……。

「でも、せっかくだから何かお礼をしないとね」

「え――うわっ⁉」

ネネちゃんが、突然俺を抱きしめてきた。え……え？　何で？　何してるの……⁉

「褒めてくれたお礼に、今日は私を好きにしてもいいわよ？」

「ええっ⁉」

「私、奏太君の好きな声優さんなんでしょう？　欲望、ぶつけたいんじゃないの？」

そう言いながら、明らかにわざと胸を押し付けてくるネネちゃん。

ふおおおお！　ふおおおおおお⁉　や、やわらけえええ！　俺の腹部に暴力的な爆乳がポヨポヨ当たって、幸せがヤバい！　なんだこの人を駄目にする胸は……！

さらに彼女は、俺の耳元に向けて囁《ささや》く。

「ほら、奏太君。私をあなたの好きにして……？」

「…………！」

こ、このセクシーな声の出し方は……！　間違いなく、江崎ネネボイス……！

耳を撫《な》でるような心地よい声色で、あっという間に理性が溶かされていくのを感じる。

「私のこと、今なら自由に使ってもいいのよ？　エッチな遊び、したくない？」

そう言いながら、俺の体を指でなぞるネネちゃん。

澄んだ声とあまりにセクシーな言動に、どうしても欲望が高まっていく。いつものお遊びか本気なのかは分からないが、このままだとマジで手をだしてしまう……！

「ね、ネネちゃん！　これ以上ダメですって！　お礼なんて別にいりませんから！」

「ダメよ。それじゃあ私の気持ちが収まらないもの。こうやって対価を払わないと……」

「でもここ、他の人も来ますから！　何かおかしい噂《うわさ》が立ったら困るでしょう！」

「あっ」

俺の指摘に、ネネちゃんさんがハッとした顔になる。

「確かに、そうね……。仕事に影響が出ちゃうかも……。残念だけど我慢しないと……」

ネネちゃんが名残惜しそうに俺を離す。それと同時に、俺も危険な胸から遠のいた。

あ、危なかった……。これ以上胸に触れていたら、本当にどうなっていたことか……。

「残念ね……。せっかくお礼をしながら奏太君を虜《とりこ》にできると思ったのに……♪」

妖艶《ようえん》な笑みを向けるネネちゃん。いや、変なこと企《たくら》まないでくださいよ……。

「あ。他の人と言えば、そろそろ他の役者も来るわよね？　収録まであと二十分だけど」

「そ、そうですね……。うちのアイちゃんはそろそろ来ると思います。あとは、もう一人の『夢乃リン』さんですか……」

残るもう一人の声優さんは、一体どんな人なんだろうか……。ネネちゃんの正体に驚かされたせいなのか、色々と想像してしまう。

なんて、俺が考え始めた直後……。

「あ、あの……！　おっ、おはようございます……！　『シリウスエンターテインメント』の、夢乃リンです……！　その……よろしくお願い致します！」

一人の少女がロビーへと踏み入り、どもりながら挨拶をした。

「あ。おはようございます。『東雲《しののめ》アミューズメント』の江崎ネネと申します」

ネネちゃんが彼女に振り向き、挨拶を返す。

「瀬川澪役の方なのよね？　一緒の現場は初めてだけど、仲良くしてくれると嬉しいわ」

「こ、こちらこそ！　後輩として勉強しますので、よろしくお願い致します……！」

フレンドリーに微笑《ほほえ》みかけるネネちゃんと、緊張した様子で深く頭を下げる少女。

だがその一方、俺は彼女の姿を見ながら、しばらくの間固まっていた。

なぜなら——

「え……凜音《りおん》……!?」

「え……？　あれ……先輩っ!?」

そこにやってきたのは、漫画研究会の後輩——鳴海《なるみ》凜音だったからだ。

「いや、なんでお前がいるんだよ!?」

「せ、先輩こそなんでいるんですか!?　スタジオに何の用事なんです!?」

驚きのあまり、互いに指をさし合う俺たち。それを見て、ネネちゃんが首を傾《かし》げる。

「奏太君……？　彼女のこと、知っているのかしら？」

「は、はい……。高校の後輩で、同じ部活に入ってまして……」

「嘘《うそ》ですよね……まさか、先輩がここにいるなんて……」

胸を押さえて顔を真っ赤にしている凜音。それは俺のセリフでもあるからな？

「で、凜音はなぜここに？　ってか、さっき夢乃リンって言ってたけど、まさか……」

「ううぅ……そうです……。私は、収録に来たんです。瀬川澪役の声優として……」

「ま……マジかよ……⁉　ってことは、新人声優『リンリン』は……」

「はい……リンリンは、私の愛称です……」

う、うぅ……嘘だろ……⁉　すげぇ……すげぇ――――――――！

人気急上昇中のリンリンまで、俺の知り合いだったのかよ⁉

「あーっ！　恥ずかしー！　死にたいですー！　まさか先輩にバレるなんてー！」

凜音――いや、リンリンがソファーに突っ伏して、足をジタバタ動かして暴れる。

うわ、おい。やめろ。ミニスカートでそんなことすんな。あ、パンツ見えた。黒地にピンクの水玉模様。ヤバい。なんかエロいやん。

「身内バレってホント恥ずいですっ！　そりゃ先輩は声優大好きな人ですから、いずれバレると思ってましたが……こんなに早くその時が来るとは……！」

「いや、待てよ！　そんな隠すことはないだろ？　ネネちゃんといい、活動してるなら俺にも話してくれればいいのに……。ってか、そもそもいつの間に声優を……？」

「うぅ……。もともとは、個人での活動がきっかけです……。声優さんに憧れて、自作の音声作品をネットで公開するようになって……それである時、スカウトされて……」

スカウトだと……⁉　凄《すご》いな、この子。声優って、本気で目指してもそう簡単になれるものじゃないはずなのに……。

「隠していたのは、やっぱり恥ずかしかったのと……せっかくなら、もっと心の準備をしてから、サプライズで教えたかったんです……。先輩の驚いた顔が見たくて……」

「いや、十分驚きはしてるんだけどね……？」

うん……ホント、さっきから驚きっぱなしだ。

ネネちゃんと言い、リンリンと言い、この作品のメイン声優が全員知り合いだったなんて……。俺は夢でも見ているのだろうか……？　興奮で心臓が爆発しそうだ……！

「ってか、先輩の方こそどうしてここにいるんですか？　もしかして……ネネさんが先輩の知り合いなんですか……？」

「ええ、まぁ……。確かに知り合いなんだけど……奏太君がここに来たのは、アイちゃんって子のマネージャーさんだからみたいよ？」

「えぇっ……!?　アイちゃんのマネージャー……!?」

彼女の問いに、俺は頷《うなず》く。そしてさっきネネちゃんに言ったように、俺がタレント事務所でアルバイトを始めたことを説明した。

「なるほど……バイトを始めるとは言ってましたが、まさか声優関係だとは……。しかも、推しの声優のマネージャーって……」

「ちゃんと説明してなくて悪い。あんまり言いふらすことじゃないと思って……。もしかして、怒ってるか……？」

思案顔のリンリンを見て、俺は不安になって尋ねる。

「い、いえ！　隠していたのは私もですし。それに……むしろ、よかったかも……」

「よかった……？」

「はい……。だって、先輩が業界に入ったおかげで、久しぶりに会えましたから……！」

リンリンが、満面の笑みを可愛《かわい》らしい顔に咲かせる。

そして感極まったかのように、突然俺に飛びついてきた。

「せんぱーい！　今まで寂しかったですよー！」

「うわあっ!?　い、いきなりどうしたんだよ!?」

「先輩、バイトが忙しいって言って、最近全然部活に来てくれませんでしたよね……？

私、すごく寂しかったんですよ？　収録が無いときは、放課後いつも一人ぼっちで……。

それに、お昼だってあんまり部室に来てくれないし……」

「あ、ああ……悪い……。仕事のことで、教室で色々考えてたから……」

「それは仕方ありませんけど、とにかく寂しかったんです！　今まで我慢してたんですから、その分いっぱい甘やかしてくださいー！」

まるで締めつけるかのように、俺の腹に回した両手にグッと力を入れるリンリン。

「お、おいリンリン……！　ちょっ、離せって！　ネネちゃんだって見てるだろ⁉」

「嫌ですー。撫でてくれるまで離しません！　先輩は後輩のことを猫可愛《ねこかわい》がりしなきゃいけないんです。法律で決まってるんですよ？」

リンリンのやつ、今まで俺に懐《なつ》いた様子を見せることはあっても、ここまでべったり甘えることはなかったのに……。それほど一緒に部活ができなかったことに、ストレスを感じていたのだろうか……？　しかし、さすがにこれは恥ずかしいぞ……！

とにかく、このままじゃ収まりそうにない。俺は仕方なく付き合い、頭を撫でる。

「わ、分かったって……ほら……よしよし……」

「にへへ……わ～い、快適です～。先輩に撫でられるの、気持ちいいですね～？　この温《ぬく》もりも、好きですよ？」

今度はすりすりと頬を擦《こす》りつけてくる彼女。どれだけ甘えれば気が済むのだろうか？

「まだまだこんなんじゃ、寂しさに荒《すさ》んだ私の心は満たされません！　だって……本当に、寂しかったんですからね……？　先輩が、側《そば》にいなくって……」

「うっ……！」

うっすらと涙の浮かんだ瞳で、じっとこちらを見るリンリン。そ、そんなに一人で辛《つら》かったのか？　まぁ、確かに友達はいないみたいだし、本気で心細かったんだろうな……。

「だから久しぶりに会ったときくらい、もっと私を可愛がらなきゃダメですよ……？」

「わ、分かった……。寂しくさせて、悪かった……。よしよし……」

「にへへへ……。ありがとうございます、先輩……！」

もう一度丁寧に頭を撫でると、リンリンは眩《まぶ》しいほどの笑顔を見せた。

「むぅ……。二人だけで喋《しゃべ》ってずるいわね……？　私も仲間に入れてもらえるかしら？」

「あ、いや！　別にネネちゃんを仲間外れにしているわけじゃ……！　ってか、リンリンもさすがに離れてくれ。もう満足してくれただろ……？」

「むぅ……仕方ないですね。じゃあ、今日はこの辺にしておきましょう」

そう言い、ようやく俺から離れるリンリン。その顔は艶々と輝いていた。

「しかし……ものすごい偶然ですよね……？　先輩がネネさんと知り合いだったなんて……。その上、推しのアイちゃんとも繋《つな》がっていますし……」

「えっ？　奏太君はアイちゃんのファンなの……？」

なぜか、少し残念そうに尋ねるネネちゃん。

「あ、はい……。一応、最推しはアイちゃんです」

「へぇ～……そうなの……？　なんだか、嫉妬しちゃうわね……？」

ネネちゃんが、可愛らしく頰を膨らませる。さらに彼女だけでなく、リンリンも……。

「確かに、ちょっと嫌ですよね。なんだか悔しい気がします。先輩の中で、私たちは良くても二番手、三番手というわけですから……」

「いや、別にそんなことはないが……実際、二人のこともすごい推してるし」

ネネちゃんの出ていた『奥手彼女の仮恋生活』も、リンリンの『ちぇっくめいと！』だって、しっかり全話視聴している。彼女たちの演じるキャラも、二次元嫁の一人なのだ。

「えっ、本当ですか⁉　私たちのことも好きですか⁉」

「ふふっ。それなら嬉《うれ》しいわ。――じゃあ、少しサービスをしようかしら？　声優『江崎ネネ』として」

「え……？」

ネネちゃんが謎の発言をする。直後、彼女が俺の腕を抱き、囁《ささや》く。

『奏太はん、もう観念するどす。うちの体、こんなに熱く火照《ほて》っとるんよ……？　責任取って奏太はんの欲、ぜ〜んぶ私にぶちまけてな？』

「……っ！」

こ、コレは……『奥手彼女の仮恋生活』の、準ヒロインの九条舞《くじょうまい》！　色気に溢《あふ》れた、ねっとりと耳に溶けるような美声。艶《あで》やかな彼女の声帯をすぐ耳元で味わえるなんて……！

と、その時。反対の耳元にリンリンが近づく。

『Ｈｅｙ、ダーリン！　私のこと見捨てたら許さないデスヨー！　こんなに愛してるんデスから、責任取って同じセメタリーに入るｄｅａｔｈ！』

この声は……『ちぇっくめいと！』のサブヒロイン、アメリア！　奔放でデレデレな外国人キャラとして一部に大人気な彼女が、今まさに俺のすぐ横に……！

なんだこれ、なんだこの状況！　両耳に違う種類の幸せが！　幸せが俺を襲ってくる！

もっと……もっと味わいたい！　二人に色んな名台詞《めいぜりふ》を言ってもらいたい！

『我慢なんてしたらあきまへんよ？　うちは正直な人が好きなんやから……』

『私もダーリンが大好きデスよ……？　いつもダーリンのことばかり考えてるデス……』

うわあああ！　ダメだ！　溶かされる！　鼓膜が幸せで溶かされるううう！

理性がかき消えそうになり、代わりに本能が鎌首をもたげる。美少女声優に挟まれたまま、二人のセリフをさらに求める！

「もっと！　もっとお願いします！　エロい感じで囁いてください！」

「おはようございます！　『ライトロード』の相崎優香《あいざきゆか》です！」

――その時、視界に誰かが入り込む。

「あ……？」

アイちゃんが二人の女子にくっつかれている俺を見て、固まる。そして――

「え……？」

「か、奏太⁉　えっ⁉　何してるの⁉」

「うわあああ⁉　アイちゃぁぁぁぁん⁉　違うんだあああ！」

いかがわしい状況に、驚きの声を上げるアイちゃん。

その後、俺は色々と誤解しそうになった彼女に、俺たちの関係の説明をした。ネネちゃんとリンリンによる丁寧な自己紹介も交えて。

そしてそうこうする内に、収録の時間になったのであった。

※

収録が行われるスタジオは、オーディションのスタジオと同じだった。そして俺はあの時のように調整室の中に入り、アフレコブース内にいるアイちゃんたちを眺めていた。

「本日より『桃色ＬＩＰＳ』の収録を始めさせて頂きます。早速、台本の修正点を――」

事前にアイちゃんから聞いたのだが、収録が始まる前は、音響監督から台本の注意点や修正点の説明が行われるらしい。あの強面《こわもて》だがフルーツチンポに弱い監督が、台本の誤字や修正することになったセリフをアイちゃんたちに伝えていく。

それが終わると、音響監督が卓に戻る。そしてマイクの前に立つ三人に指示する。

「それじゃあ、Aパートのテストから流します」

『はい！　よろしくお願いします！』

テストというのは、収録する前に一度芝居を通しで演じてみることだ。これを参考にスタッフたちが演技の是非を相談し、それを役者に伝えた上で、本番の収録へと進む。

要するに、まだ収録は行われない。しかし、ようやく声優が演技を始める段階にきた。

いよいよ、実際の仕事現場に立ち会える。

初めて見る実際のアニメ制作現場に、正直浮足立っていた。しかも、役者は全員推しばかり。どんな芝居になるのか楽しみすぎる。

『…………』

一方、彼女たちの様子を見ると、さっきまで騒いでいたにもかかわらず、今ではすっかり落ち着いている。特にネネちゃんは心の準備ができている様子で、リンリンも緊張しながらも、深呼吸をして平静を保つ。

だが、一つだけ心配なのは……。

「…………！」

アイちゃんの肩が、なんだか強張《こわば》って見えることである。

そういえば彼女は、『マジ☆マリ』の加奈《かな》以来、オーディションに落ち続けていた。ということは、収録現場はかなり久しぶりなのだろう。それで緊張しているのかも……。

俺は心の中で『頑張れよ……！』と声援を送る。

すると、テストが開始となった。

『ねぇ、澪！　エッチってしたことある……⁉』

ネネちゃん演じる深草夏音の衝撃的な一言で、この物語はスタートする。マイクの前のモニターに映し出された映像を見ながら、キャラにセリフを当てていく彼女。

『い、いきなり何言ってんのよ⁉　あんた頭おかしいんじゃないの……⁉』

夏音の言葉に、リンリンの演じる瀬川澪が反発。二人のやりとりが始まっていく。

『――恋愛とか、キスの仕方とか、それこそちょっとエッチなこととか！　そういうの、詳しくないと大人になってから困るじゃん！　ちゃんと勉強したほうがいいって！』

『でも、ここは女子校よ？　男もいないのに、どうやって練習しろっていうのよ？』

『分かってる！　だから、私たちで練習するしかないじゃん！』

しばらくは彼女たちの会話で物語が続く。恋やエロいことに興味津々《しんしん》な歳頃《としごろ》の二人が、同じ学校内に男がいないこともあり、女同士で予行練習をすることに決める。

『ね、ねぇ……。本当にやるの……？』

『当たり前だよ……！　もう、後には引けないもん……！』

そして二人はお互いに抱き合い、その後は流れでキスまでする。

ここまで二人の演技を見て、俺は気づけば魅了されていた。

原作が好きだからこそ分かるが、この二人はキャラクターの魅力を演技でしっかり引き出している。ネネちゃんは、夏音の常にハイテンションな性格を、リンリンは澪のクールながらもチョロいところを、その声色や抑揚で表している。

クラスに馴染《なじ》めないほど陰キャなリンリンが、声優として立派に働いてる。なんだか、感慨深い気持ちである。ネネちゃんも素人目《しろうとめ》に見ても素晴らしい演技で、主役に選ばれる理由が分かる。二人と知り合いであることが、なんだか誇らしくなるほどだ。

そんな時、ようやくアイちゃん演じる秋山梨花の登場シーンに……！

『お疲れ様です、先輩たち。今日は何をして遊びますか～？』

二人の情事など露知らず、のんきな声で梨花が部室に入っていく。

しかしそこには、机の上で横になり、抱き合う夏音と澪の姿が。

『う、うわぁ～～！　ちょっと――、二人とも、どうしたんですかぁ――⁉』

驚き、声を上げる梨花。しかし……なんだか様子がおかしい。

『も、もしかして――……二人とも、今変なコトしてました――……？』

『い、いや……！　そんなわけないじゃん！　梨花、妄想が激しいよっ！』

『そ、そうよ……。今のはただ、転んでこうなっちゃっただけ……』

『ほ、本当ですか――……？　そうは見えなかったんですけど～……？』

やはり……聞いてみると、アイちゃんの読み方だけおかしい。練習の時とも明らかに違う。セリフの伸ばし方や息継ぎの箇所、それに抑揚が不自然で、変な感じになっている。

さらに、そんな不自然な読み方をしていると……。

「『なんか、ちょっと、怪しいですねー……もしかして、そういう関係なのか――』あっ！」

タイミングが大きくズレて、セリフを言い終える前に映像が切り替わってしまった。

どうしてだ……？　練習の時は、もっと可愛《かわい》く普通に読めてたのに……。

「うーん……。なんか、おかしいな……」

「はい……調子悪いんですかねー？」

そんな演技をしていれば当然、他の人たちも訝《いぶか》しがる。一緒に演技を見ていたスタッフたちが、アイちゃんの演技にざわつき始める。

しかし、テストではミスがあっても止まらず通すのが基本である。結果アイちゃんはA

パートのテストが終わるまで、そのぎこちない演技を続けた。

※

テスト後に、スタッフ間で行われた話し合いの後。

音響監督がアフレコブースへ出向き、三人に直接指示を伝える。

「えー、まず夏音さん。四十五カットのセリフですが、もう少し色気のある感じでお願いします。こう、誘惑しようとしている感じで」

「はい。分かりました。色気ですね」

「それと澪さん。七十二カットから八十五カットまでのやり取りは、若干怒りは抑えめで。今の四十二カットみたいな感じでやってくれればいいですよ」

「わ、分かりました！　頑張ります！」

「えー、それと……あとは梨花ちゃん」

キャラの名前を呼ばれた途端、肩をビクッと震わせるアイちゃん。

「まずは全体的な話なんだけど……もう少し自然に読んでくれるかな？」

「自然……ですか……？」

「うん、そう。なんか抑揚とか不自然だから。それと三十五カットなんだけど、シーン内にセリフ収めてください。自分でもミスは分かったと思うけど」

「は、はい！　すみません……」

「それと、五十八カットのセリフ――あと、六十九カットのところは――」

やはり、アイちゃんには特に多く修正指示が出されていく。素人の俺でさえ、アイちゃんの演技はどこか変だと思ったのだ。プロからすれば、色々言いたいことがあるだろう。

「――というわけで、よろしくお願いします」

「は、はい……。分かりました……」

修正点の伝達が終わり、卓へと戻る音響監督。

そして、Aパート本番が始まる。テストを踏まえた上での収録。これが本当の本番だ。

しかし……ここに至ってもアイちゃんは……。

『う、うわぁ～、ちょっとー、二人とも、どうしたんですかー⁉』

「すみません、一回止めます。梨花さん、今のセリフもう一度、違う感じでお願いします」

「あ……はい……。すみません……」

演技の度に収録を止められ、修正指示を出されていた。

おい……本当にどうしたんだ？　アイちゃんは……！

いつもの練習の時は、もっと普通に読めていたのに。梨花の可愛さをしっかり表現できていたのに……！

『う、うわぁー……！　ちょっと、二人ともどうしたんですか……？』

「すみません。もう一度、もっと驚いている感じで」

『う、うわぁ――――！！　ちょっと二人ともどうしたんですか――!?』

「うーん……。さすがに驚き過ぎです……。もっと自然な驚き方で」

何度も同じセリフを言わされて、見るからに焦《あせ》っている様子のアイちゃん。正直、もう見ていられない気分だった。

「皆さん、どうします……？　さすがにこれは……」

「うーん……。この子はもう、こういう感じしか出せそうにないなぁ……」

「仕方ないから、今さっきの頂いちゃいますか。比較的、マシな気もしますし」

スタッフたちが顔を見合わせて相談し、ため息混じりの結論が出される。

いや、待ってくれ！　アイちゃんはもっとできる子なんだ！

そう反論したいのは山々だった。でも、今の俺にはそれができない。実際にこの三人の中で一番、アイちゃんが足を引っ張ってしまっているのは事実だからだ。

「あの子、オーディションの時はいいと思ったんだけどなぁ……」

音響監督のボヤキに、俺は何も言葉を返せなかった。

「——はい、これでAパートは終わりです」

その後、ようやく前半が終わったときには、予定より一時間もオーバーしていた。

※

Aパートの収録の後は、休憩時間を挟んでからBパートのテストと収録を行う。

しかしアイちゃんはすでに、完全にグロッキーだった。

「…………」

彼女はロビーのソファーに腰かけ、まるで世界が終わるかのような陰鬱極まる表情で、一人黙って俯《うつむ》いている。

そんな彼女のもとに近づき、俺は隣に腰かける。

「もしもし、アイちゃん……？　大丈夫か……？」

「……うぅ……ぐすっ……。奏太……かなたぁ……！」

涙目でこちらを振り向くアイちゃん。その声は嗚咽《おえつ》混じりに震えていた。

「かなたぁ……私……私っ……うわぁぁ～～～んっ！」

「えええっ⁉」

アイちゃんが俺の膝の上に泣き崩れた。そして叫ぶように愚痴を漏らす。

「私、全然ダメだったよ～！　収録自体久しぶりだったし、他の二人は私と同じ新人なのにすごくうまいから緊張しちゃって……自分も上手《うま》くやろうって……追いつかなきゃって気合いをいれたら……変な感じになっちゃった～～～！」

な、なるほど……それで今日の演技はあんなにおかしく、乱れていたのか……。

「お願い、奏太ぁ……。慰めてー……？　しばらくこうしていさせてよー……？」

「わ、分かったから。分かったからそんなに泣かないでくれ……」

なんとか落ち着いてもらおうと、俺はできるだけ優しい口調で言う。

「アイちゃんだって、大丈夫だから。普通にやれば、きっとあの二人にも負けないから」

「ううん……。二人とも同年代なのに、私よりよっぽど上手いもん……。それに、人気だって上だしさ……」

「アイちゃん……」

確かにアイちゃんと比べて他の二人は、素人目に見ても声優としての実力は上だ。一応、アイちゃんにも声の可愛さという武器はあるし、今回の役にも合っている。でも、それとは違う部分で……根本的な演技の面で、アイちゃんの方が二人よりも拙《つたな》いと思う。

「ねぇ、奏太……。奏太も、あの二人の方が良かったりするの……？」

「え……？」

「奏太も……本当は私より、ネネさんやリンリンの方を推してるの……？」

そう言いながら、ウルウルとした目で俺を見つめてくるアイちゃん。

「あの二人の方が、私よりもずっと魅力的だし……。私みたいな引退直前の声優なんかと一緒にいるより、きっと奏太も嬉《うれ》しいんじゃ――」

「バカ！　そんなわけないだろう⁉」

腹の底から、勝手に叫び声が飛び出していた。驚き、アイちゃんの体が強張《こわば》る。

「俺はアイちゃんの演じるキャラや、声優としての色んな魅力に惚《ほ》れこんで、ファンになろうと思ったんだ！　いくらあの二人がいい声優でも、簡単に鞍替《くらが》えするわけない！」

「で、でも……実際私よりも、あの二人の方が演技だって……」

「そんなことは関係ないだろ！　俺たちは、演技が一番うまい人のファンになるわけじゃないんだよ！　声とか喋《しゃべ》り方の特徴とか、その人ならではの魅力で好きになるんだよ！　それもちろんあの二人も声優として好きだけど……俺が一番好きなのはアイちゃんだ！　それは絶対に変わらない！　それを疑うのは、ファンに対して失礼だ！」

「……か、奏太……！」

アイちゃんがハッと目を見開く。そして――

「ありがとう奏太っ！　私も好き――！」

彼女は一気に泣き止《や》んで、むしろ太陽のような笑みを浮かべた。

「やっぱり奏太は、私の最大の味方だよ！　最高のファンだよ！　大好き――！」

「あ、ああ……うん……ありがとう……」

やばい……推しにそう言ってもらえるのは嬉しいけど……それ以上に、恥ずかしい。

「私も奏太のこと、ずっとずーっと大事にするもん！　奏太が欲しければ、いっぱいファンサだってしちゃうから！　いつでもなんでも言っていいよー！」

「それなら、今はＢパートの収録を頑張ってくれ……！　いいお芝居ができるように」

「分かった！　私、もう一回演技を見直してみる！　後半こそ汚名返上しないと！」

ようやく、アイちゃんの目に光が戻る。そして、彼女は立ち上がった。

「よし、その意気だ！　俺も付き合うぞ！」

やる気を出し、二人で声を弾ませる。その時――

「それなら、私たちも手伝うわ」

「アイちゃん！　皆《みんな》で一緒に練習しましょう！」

「え……？　ネネさんに、リンリンも……？」

振り向くと、いつの間にかネネちゃんとリンリンがすぐ側《そば》にいた。

「私たちも、演技の確認をしたいのよ。練習するなら、仲間に入れて欲しいわね」

「後半は、基本的に全シーン三人の絡《から》みですからね。全員で練習するべきですよ！」

「二人とも……。あの……さっきの収録、ごめんなさい……。私のせいで、迷惑かけて」

しゅんとしながら言うアイちゃんに、二人は優しい笑みを向ける。

「気にしないでいいのよ。私もデビューしてすぐはあんな感じだったから。アイちゃんの気持ち、すごく分かるわ」

「私も、まだまだ新人ですから！　一緒に勉強させていただきます！」

「ネネさん……！　リンリン……！」

見つめ合い、まるで友情を確かめるかのような三人の姿。

あぁ……なんか尊いわぁ……。女同士の綺麗《きれい》な友情。いわゆるキマシってやつですね？

「でも、休憩時間は少ないですし……。軽い読み合わせしかできませんかね……？」

「そうね……。もう少し何か、アイちゃんの助けになるようなことをしたいけれど……」

「い、いや……！　そんなに気を遣われなくても……。私も頑張って演じ切るから！　それにいつも通りの演技ができれば、さっきよりは大分マシになると思うし……！」

具体的にアイちゃんを助けようとするリンリンたちと、遠慮しようとする本人。

その姿を見て、俺は言う。

「それなら、実際に皆でやってみたらどうだ？　次やるシーンを、読むだけじゃなくて実演みたいに」

「え……？」

それは、咄嗟《とっさ》の思い付きだった。特に考えは無しに意見を述べる。

「実際に原作通りに動いてみれば、深くキャラの心情を理解できるかなって思って」

「な、なるほど……でも先輩、次のシーンって……」

と、リンリンが浮かない顔で言う。

その指摘で、俺は思い出した。Ｂパートの、主なシーンの内容を。

「あ……そうか……。次って、皆で抱き合うシーンか……」

Ｂパートは夏音と澪が、梨花も恋人練習の仲間に加えて、抱き合いイチャつく場面になる。それにより、梨花は焦りながらもその快感に取り込まれるのだ。

そんなシーンを実践しようとした場合、この場で彼女たちがイチャイチャしないといけなくなる。さすがにそれは無いかと思い、発言を撤回しようとする――

「それいいわね！　さすが奏太君、ナイスアイデア！」

――が、その前にネネちゃんが乗り気になった。

「え……？　ネネちゃん、マジですか……？」

「もちろんよ。実際に体を動かしてみれば、発見があるかもしれないし。というわけで早速――えいっ！」

「ひゃんっ⁉」

ネネちゃんが一切の躊躇《ちゅうちょ》なく、横からアイちゃんの体に手を回しギュッと密着する。

「ね、ネネさん……⁉　いきなり何するの――⁉」

「これも練習の一環よ。夏音たちに抱き着かれた梨花ちゃんの気持ちを味わって、よりリアルな演技ができるようにならないと」

「いや、でも……これは……！　エッチなことはダメですよ……！」

「まだまだ、これからが本番じゃない。『梨花が言い出したんでしょう？　秘密があるなら言って欲しい。私も仲間に入れて欲しいって。だから、今更逃がさないからね～♪』」

ネネちゃんが演技を開始する。梨花たちが皆で抱き着き合う場面のセリフだ。

「ひあぁんっ⁉　ちょっ、ダメ……！　そんなとこ触っちゃ……！」

大胆にも、アイちゃんの胸に触れ揉《も》みしだくネネちゃん。……え？　胸揉んでる？　そこまでやっても大丈夫なの？　ここ一応スタジオなんだけど。

「す、すごい……！　有名声優になるには、あそこまでやるべきなんですね……？　それなら私も、勉強のためにっ！」

「あっ」

見ていたリンリンも、アイちゃんに抱き着く。そしてセリフを言いつつ胸を揉んだ。

『梨花ちゃん、ごめんね？　でも、これも練習の一環だから……』

「ちょっ、やめっ……んあぁっ！　一旦離れて――あっあっ、ひゃあんっ！」

必死に中止を訴えながらも、喘《あえ》ぎ声を我慢できないアイちゃん。耳が幸せ過ぎて辛《つら》い。

「さぁ。早く練習しないと、次のシーンもたくさんリテイクになるわよ？　ほらほら♪」

「んっ……わ、分かった……！　分かったよぉっ……！」

攻めに耐えかねて、アイちゃんがようやく覚悟を固める。そしてセリフを口にした。

『わ、分かりました……二人とも……！　私と、イチャイチャしてください……！』

原作の通り、ネネちゃんとリンリンに懇願するアイちゃん。そして彼女は二人の攻めを一身に受けることになる。ネネちゃんは引き続き胸を揉み、リンリンはお尻を撫《な》で回す。

『んっ、あぁっ……ダメェ、二人ともっ……！　そんなところ、強く弄《いじ》っちゃ……！』

「そうそう、その調子よ。息遣いも顔の火照《ほて》り具合も、かなり感情が乗ってるわね」

『はぁっ……はぁっ……！　こんなに、されたら……私もなんだか、変な気分に……』

「いいですよ、アイちゃん！　これだけ再現しておけば、リアルな演技ができますよ！」

しばらくの間、二人から卑猥《ひわい》な攻めを受けるアイちゃん。そしてこの先は、辱《はずかし》められてすっかりその気になった彼女が、逆に二人を責めるシーンだ。

『も、もう無理……！　私……我慢できない……っ！』

嬌声《きょうせい》を上げ続けていたアイちゃんが、ソファーにネネちゃんとリンリンを押し倒す。

『キャアアッ！』

声を合わせて倒れる二人。

しかし、この先のシーンは原作にはない。二人が興奮した梨花に襲われるシーンは、直前に暗転して描写されていないのだ。当然、何があったかは大体想像できるのだが。

ともかく、これ以上演技を続ける必要はない。ところが……。

「あ、あれ……？　アイちゃん……？　どうしたのかしら……!?」

アイちゃんがなぜか、自ら服を脱ぎだした。エロいことは苦手なはずの彼女が、シャツやスカートを躊躇なく脱ぎ捨て、上下お揃《そろ》いの水色下着を俺たちに晒《さら》す。

『二人とも……ここからが本番ですよぉ……？』

アイちゃんはこのまま演技を続けようとしていた。発情したように頬を上気させながら。

これは、まさかあの時と……あのオーディションの時と同じ——

『もっと……二人と仲良くなりたいですぅ……。皆で一つになりましょう……？』

「え、嘘《うそ》……⁉　アイちゃん――あっ、んっ、やぁぁぁんっ！」

息をますます荒くして、アイちゃんがネネちゃんの服を捲《めく》る。そしてブラのホックを外して、露《あらわ》になった大きな胸を揉みしだくって何をやってるんだよアイちゃんは⁉

「あ、アイちゃん⁉　どうしたんですか⁉　落ち着いて――んやあぁっ⁉」

『澪先輩も……恥ずかしいところぉ、見せあいっこしましょうねぇ……？』

止めようとしたリンリンの穿《は》いていたスカートを巧みな手さばきで取り外し、さらにパンツまでずり下ろすアイちゃん。それにより、俯《うつぶ》せに倒れていたリンリンの臀《でん》部《ぶ》が半分以上見えてしまう。小さくも、プリッと引き締まった綺麗なお尻だ。

「キャアアアアア⁉　アイちゃん、なにしてるんですかあああ⁉」

『大丈夫ですぅ……私も、エッチなおっぱい見せますからぁ……！　皆で一緒に裸になって、変態で恥ずかしいこと、しましょう……？』

言いながら、自らもブラを外してパンツをわずかにずり下ろすアイちゃん。ちょうどよい大きさの胸が震えて、脱げかけのパンツは辛《かろ》うじて股間を隠している。

やっぱりそうだ！　この子、また演技中に我を忘れてる！　役に入り込みすぎて、現実を見失っている！　エッチなことはダメとか言いつつ、自分が変態になっている！

『んあぁっ！　女の子同士で、スケベしちゃってるぅ……！　裸見せ合うの、気持ちいいよぉ……！　もっとおっぱい触ってぇ……？　一緒に、メチャクチャになりましょぉ？』

「ひゃあぁぁんっ⁉　だっ、ダメよ！　アイちゃん――んっ、くっ……！」

自らの胸をネネちゃんの胸に押し当てるアイちゃん。乳首同士が擦《こす》れ合う感触のせいか、ネネちゃんが恥ずかしい声を出す。さらに同時に、リンリンの方も襲われる。

「アイちゃん、お尻揉まないでぇっ！　体っ、ビクッてしちゃいますからぁっ……！」

『はぁっ、はぁっ……澪先輩……私のお尻も触って、撫でて、痴漢してぇ……？』

暴走し、原作で描かれていない部分すら、演じきろうとしているアイちゃん。三人が淫《みだ》らに絡み合う様子は、本当に原作でカットされているシーンそのもののように思える。

「んっ、くぅっ……そんなにおっぱい揉んだら……んぁぁっ……！」

「せ、先輩っ！　助けてください――！　あっ、でも見ないでくださいー！」

『みんなぁ……いっぱいイチャイチャしようねぇ……？』

これはもう、俺が直視できる状況じゃない……！　俺は休憩終了ギリギリでアイちゃんが正気に戻るまで、彼女たちから目を逸《そ》らし続けた。

――なお、この体験のおかげなのか、直後行われたBパートの収録では、アイちゃんの百合《ゆり》シーンが上達し、スムーズに収録が進んだのだった。

※

「ふぅ……大変な目に遭ったわね……。さすがに、私も驚いたわ……」

「まさかアイちゃんに、あんな変わった特徴があっただなんて……」

「いやあああ！　悪かったから言わないでえええ！　死ぬほど恥ずかしいからあああ！」

収録後、スタッフさんたちへの挨拶を終えて、再びロビーで休む彼女たち。先ほどの騒動もあってか、かなり疲れている様子だ。

俺は様子を窺いながら、彼女たちのもとへ近づていく。

「あ。奏太君、お疲れ様。私たちの演技はどうだったかしら？」

「すごくよかったです！　俺、感動しましたよ！」

初めて収録を見た嬉《うれ》しさと、無事に終わった安心から、俺は声高に返事をする。

「なんか、やっぱりちょっと恥ずかしいですね……。知ってる人に演技見られるの……」

「でもリンリン、さっき自分からキャラクターのセリフを俺の耳元で囁《ささや》いてきたよな？」

「それとこれとは別ですよ！　収録では、本気の演技を見られちゃいますから……」

リンリンが赤くなった顔を俺から逸らす。その姿は学校で知っている彼女らしかった。

「でも、後半はうまくいってよかったわ。アイちゃんもすごくいい感じだったし」

「ホントです！　やっぱり休憩の時の練習がいい刺激になったんですね！」

「あ、ありがとう……。確かにアレは、いい経験になった……かな……？」

アイちゃんがため息混じりに呟《つぶや》く。まぁ、中々できない経験ではあるよね？

「これも奏太君のおかげよね。あの助言が無ければ、Bパートも苦労していたはずよ」

「先輩って、優秀なマネージャーなんですね！　なんか見直しちゃいました！」

「え……？　いやいやそれはない！　俺なんかただの素人《しろうと》だし！」

アイちゃんの役に立てるよう努力はしているつもりだが、まだ経験も知識も足りないし。

「そんなことないと思います！　先輩は、間違いなく優秀な人材に決まってますから！」

「私も同意見ね。そうだ、奏太君。もしよければ、私のマネージャーにならないかしら？」

「えぇっ⁉　待ってネネさん！　マネージャーを引き抜くつもりなのー⁉」

唐突なお願いに、俺ではなくアイちゃんが甲高い声を上げて驚く。

「ええ。奏太君が良ければね。私は、奏太君がマネージャーなら嬉しいわ」

「あ！　それなら私も立候補します！　先輩にマネージャーしてもらいたいです！　そうすれば、部活しなくても話せるし……」

いやいや、勝手にそう決められても……第一、所属してる事務所が違うし……。

と、俺が二人に言おうとすると……。

「だ、ダメッ！　それは絶対にダメー！　奏太は私のマネージャーだもん！」

アイちゃんが俺の腕を抱き、断固として死守し始めた。え、マジで？　アイちゃんが俺を……!?

「そう？　残念ね。アイちゃんと掛け持ちでも構わないのに」

「私も！　私も掛け持ちでいいです！　だから奏太さんを貸してくださいー！」

「そ、それでもダメだよー！　私の面倒を見る時間が少なくなったら困るもん！」

アイちゃんはそう言い、絶対に俺を譲ろうとしない。それがなんだか、独占欲を発揮している恋人のようで、ニヤついてしまいそうになった。

幕間《まくあい》　ある未来の日常　三

二〇二五年、九月。

「あ～～～っ……もうダメだ……疲れて死にそう……！」

深夜〇時頃、俺はゴリゴリの残業を終えて、家の近くを歩いていた。

最近、マネージャー業務が忙しすぎる……。何十人ものタレントたちをたった一人で相手にするのは、並大抵のことじゃない。

なんだか、アイちゃん一人につきっきりだった頃の自分が懐《なつ》かしい……。今考えれば、あの頃はかなり楽だったよなぁ……。まぁ、当時はすごく必死だったけど。

と、考えていたら家の前まで辿《たど》り着いた。特に何の変哲もない、３ＤＫのアパートだ。

安堵《あんど》感から、ため息が漏れ出す。そして鍵を取り出し、玄関を開ける。

「おかえりダーリン！　お疲れ様っ！」

するとリビングの扉が開いて、一人の女性が駆けてきた。

「アイちゃん！　こんな時間まで起きてたのか？　残業だってメッセージを……」

「見たけど、待ってるに決まってるよ。先に寝るなんて薄情だもん」

ニカッ、と無邪気に笑う彼女。あ、ヤバ。かわわ。天使かな。違った、俺の嫁だった。

「なんだかすごく疲れてるね？　この時間までお仕事じゃ、無理もないかな……」

「はは……まあな……。とりあえず、少し休んだら飯食って寝るよ。あ……そうだ。風呂《ふろ》も入らないと……」

「あ、ちょっと待って！　その前に、こっちに来てもらってもいいかな？」

「え……？」

アイちゃんが俺を引っ張って、リビングの方に連れていく。そして彼女はソファーに座り、自らの膝をポンポンと叩《たた》いた。

「ね、奏太《かなた》。ここに横になって。膝枕してあげるよ〜」

「ひ、膝枕……？　どうしていきなり……？」

「だって奏太、いつも頑張ってるから。なんとか癒《い》やしてあげたくて。それに、久しぶりにこれもしないとね！」

そう言って、アイちゃんが何かを取り出した。小さな杓子《しゃくし》形の道具……耳かきだ。

「耳掃除、奏太好きだったよね。今日は私がサービスするから、遠慮しないで甘えてね」

「あ、アイちゃん……！　ありがとう……」

彼女の俺を気遣う想《おも》いが、疲れた心にジンと染《し》み渡る。それに彼女の言う通り、推しの声優の癒やしボイスを側で聞きながらの耳掃除は、これ以上ない幸福なんだ……！

「そういうことなら、思う存分甘えさせてもらうよ」

「うん、任せて！　いっぱい癒やしてみせるから！」

俺は彼女の太ももに、頭をのせて横になった。細身ながらムッチリとした太ももの程よい弾力が、早くも疲れを吸い取ってくれる。

「それじゃあ……入れるね……？　よいしょ……よいしょ……」

アイちゃんが小さく呟いた後に、ゆっくりと耳掃除を始めた。

「うぉ……っ」

優しく、丁寧な手つきで耳かきを動かし、カリカリと掃除をするアイちゃん。背筋にゾクゾクと快感が走り、思わず吐息が漏れてしまう。

「どうかな……？　ちゃんと気持ちいい？　仕事の疲れ、取れそうかな……？」

蕩《とろ》けそうに甘い声での問いかけ。耳を撫《な》でる囁き声に、俺は「あぁ……」と声を出す。

「よかったぁ……。それじゃあ、もっと気持ちよくしてあげるね……？」

そう、癒やし系の声で静かに言って、耳掃除を再開するアイちゃん。カリカリ、ゴソゴソという音が、鼓膜の奥に心地よく響く。

アイちゃんの優しい手つきには、この温かい太ももには、なんだか慈愛すらも感じる。

ああ……きっと俺は、この時のために生きているんだ……。いや、今生まれたのだと言ってもいい。この圧倒的な母性に包まれて、今まさに俺は生まれているんだ……。

「はい。これでよし、と。それじゃあ、反対側もしようね？」

「は……はい……」

言われるがまま、俺は顔を逆側に……すなわち、アイちゃんの方へ向けた。

するとその際、俺の視界に彼女の胸が飛び込んでくる。

「はぅあ……!?」

麻耶《まや》さんやネネちゃんほどではないが、十分ボリュームのあるアイちゃんの胸。いきなりのおっぱい登場と、彼女の発する甘く上品な香りによって、心臓が大きく脈打った。

「それじゃあ、続きを始めるね？」

アイちゃんが俺の耳を覗《のぞ》き込み、耳掃除を再開する。それにより、彼女の胸はさらに俺の顔に近づいてくる。

「…………っ！」

アイちゃんが耳掃除で少し動くたびに、大きな胸がわずかに揺れる。その様子に、俺は思わず目を見張った。

「えへへ……。ダーリン、変態なんだから……♪」

「なっ……!?」

俺の視線が、バレているだと……!?　しかしアイちゃんは優しい口調でそう言っただけで、構わず耳掃除を続けてくれる。

彼女の愛情を感じながら、耳かきの心地よさに酔いしれる。これ程の幸せが他にあるのだろうか。いや、ないと断言できる。

「遠慮しなくていいからね？　ダーリン。私で、好きなだけ癒やされて？」

「あ、アイちゃん……ありがとう……！」

気持ちのこもったアイちゃんの言葉に、情けないほど表情が緩む。

そして耳かきが終わるころには、仕事の疲れもすっかり消えていたのだった。

第四章　声優たちは聖地を巡る

二〇二二年、八月。

『……！　……、……』

とある日曜日の、早朝。俺は四時頃に目を覚ました。

聞き慣れた声が耳に届いてきたからだ。

「ん……むぅ……？」

『……？　……。…………！』

声は、下のリビングから聞こえる。一体何事かと思い、俺は気怠《けだる》い体をゆっくりと起こした。部屋から出て、階段を下りていく。

そして、廊下からこっそりとリビングを覗いた。

『先輩たち、ダメですよ！　やりすぎです！　お嫁にいけなくなっちゃいますー！』

リビングには、紙の束を持ちながら声を上げているアイちゃんがいた。

「アイちゃん……？　何をしてるんだ……？」

「あ、ゴメン奏太《かなた》。起こしちゃったかな？」

俺の声に振り向くアイちゃん。彼女がこちらに歩み寄る。

「いや、それはいいけど……。こんな朝早くから、何を……？」

「見ての通り、次のアフレコに備えて練習だよー！」

「練習って……何も、この時間にやらなくても……。あんまり無理して早起きしたら、体にだってよくないだろ？」

「大丈夫！　むしろ、練習したくて目が冴《さ》えちゃって。だって私、ちゃんとした役をもらえるの、『マジ☆マリ』以来久しぶりだもん！　せっかく毎回アフレコに呼んでもらえるんだから、次は皆に迷惑かけないようにしなきゃね！」

「アイちゃん……」

彼女の活《い》き活きとした笑顔からは、無理している様子は感じ取れなかった。

本当に声優という仕事を楽しみ、役があることを喜びながら、一生懸命努力をしている。

それも、こんな朝早くから……。

「それに……これが私の最後の役になるかもだしね……」

「……………！」

そうだ……。彼女の契約終了までは、残り大体一か月……。新しい役をもらったばかりで浮かれていたけど、考えてみれば時間がない。

しかも彼女には『桃色ＬＩＰＳ』の件以来、新しいオーディションは来ていなかった。そろそろ主役級の役を決めなければ、俺たちはクビになるというのに……。

「もちろん、まだまだ諦めてないよ？　奏太のクビだってかかってるもん。……奏太、親の仕送りが途絶えてるから、クビになったら高校を中退することになるんだよね……？」

「あ、ああ……。多分、そうなると思う……」

それは俺も、不安に思っていることだ。アイちゃん自身は当然だが、俺も彼女の成功に文字通り人生をかけている。推しのことは信じているが、その大きな代償が怖くはある。

クビになったら食費も払えず、学費もきっと賄えない。そうなったら俺一人では、どう生きていけばいいか分からなくなる。考えるだけで恐ろしい事態だ。

「大丈夫……。奏太をそんな目に遭わせないためにも、私は最後まで諦めない。でも……これが最後だっていう覚悟で、精一杯仕事に励むことは間違いじゃないって思うから」

そう言い、やや自虐的に笑うアイちゃん。

その言葉と表情に、俺の中で想いが膨れ上がった。彼女を助けたいという想いが。

「分かった……。それじゃあ、俺も練習付き合うよ」

「本当に……!?　ありがとう、すごく助かるよー！　じゃあ、私のセリフ聞いててね？

意見があれば、後でまとめて教えてほしいな！」

そして彼女は、さっきの続きからセリフを読む。

『それなら、先輩たちが先にやってくださいよ！　ちゃんとお手本を見せてください！』

「……………」

それを聞きながら、俺はずっと考えていた。彼女に声優を辞めさせたくないと。

俺はこの二か月間、普段の練習やオーディション、そして収録本番を通じて、アイちゃんが頑張る姿を見てきた。でもクビになれば、全て無駄になる。それは絶対に許せない。

俺は今まで、ある意味では自分のために頑張ってきた。推しである彼女が消えてしまったら寂しいから、それに自分のクビも防ぎたいから、マネージャーの仕事に臨んできた。

でも、今は俺の中で、彼女の実力や頑張りを、多くの人に知ってもらいたい。そのために、彼女を支えて飛躍させてあげたい。そんな気持ちが大きくなってる。

そうだ……。俺がアイちゃんへの愛を伝えるべきは、アイちゃん自身だけじゃない。その周りの、色々な人たちだ。本気で彼女の力になりたいなら、俺が知っている彼女の魅力を、周囲に伝えないとダメなんだ。そして俺が、彼女に飛躍の機会を用意するんだ。

それがただのファンと、マネージャーである俺の違いだ。

「俺がマネージャーとして、アイちゃんを羽ばたかせてあげるんだ……！」

このままでは梨花《りか》役の仕事が終わると同時に、アイちゃんは契約を切られてしまう。しかしただ待っているだけでは、こんなピンチは抜け出せない。

もっと全力を尽くして、俺が彼女を救うんだ。それがマネージャーとしての義務だ。

※

改めて決意をした俺は、早速その日から積極的に動き出した。

例えば、職場で先輩に働きかけたり……。

「麻耶《まや》さん、麻耶さん！　オーディションの話ないですか!?　主に主役かヒロインの！」

「申し訳ありません。今は何も。と、五分前にも言ったはずですが？」

「でも、もしかしたら、聞いた直後に話が舞い込んでるかもしれませんし……。他の人にそれを取られないためには……！」

「お願いですから、そんなにしつこくしないでください……。もし話が来たら、奏太さんにもすぐ伝えますから……」

「わ、分かりました……。それじゃあ、聞くのは十分につき一回にしますね！」

「やめてくださいい嫌がらせですか今すぐあなたをクビにしますよ？」

他にも、知り合いの声優たちに情報がないか聞き込みをしたり……。

「なぁ、リンリン！　良《い》いオーディションの話とかないか⁉　主役かメインヒロインが狙えて、競争率ができるだけ低くてあんまり難易度高くないやつ！」

「あはは。そんなのあるわけないですよ。もしあれば私が受けたいくらいですもん」

「じゃあ、そういうオーディション開催できない？　何とか、リンリンの権限で」

「いや無理ですよ⁉　ド新人の声優にコネとか期待しないでください！」

さらには、色々な収録現場に赴いて直接監督に売り込みをしたり……。

「私、相崎優香《あいざきゆか》のマネージャーでございます！　志堂《しどう》奏太と申します！」

「相崎優香……？　知らないなあ。まだ駆け出しの声優さん？」

「はい！　甘いボイスにアイドル声優でも通用し得る可愛《かわい》らしい顔が特徴の、相崎優香でございます！　機会がありましたらどうか、どうか！　私たちの相崎優香に、清きお仕事をお願いします！」

「分かった分かった。考えとくよ。『ライトロード』さんの、優香ちゃんね」

「ありがとうございます！　ありがとうございます！　相崎優香！　相崎優香を何卒《なにとぞ》よろ

しくお願い致します！」

「なんでそんな選挙みたいな感じなの？　社風？」

俺はとにかくアイちゃんの声と名前を覚えてもらうため、監督たちにボイスサンプルを送りつつ、継続した売り込みを行った。

しかし、中々結果は出なかった。五日経《た》っても、十日経っても、オーディションの話を誰かからもらえることはない。

精神的にも肉体的にも疲労がたまる。それでも毎日知ってるスタジオに通い続け、事務所でも麻耶さんをはじめとした色々な人にお願いをした。一縷《いちる》の望みをかけながら。

「麻耶さん！　おはようございます！　オーディションはどうですか⁉」

「おはようございます奏太さん。最近はそればっかりですね。ＲＰＧの村人ですか？」

開口一番、嫌そうな顔をする麻耶さん。

「全く……。奏太さんは、本当に最近しつこすぎます。いつもわざわざこの席に来て……私のことが好きなのでしょうか？　ストーカーで訴えますよ？」

「部下に対してひどすぎる仕打ち！　しかも席は隣同士ですし！」

「分かってますよ。冗談です」

麻耶さんはそう言うが、安心はできない。もしも本気で怒らせたら、ヤバそうだからな。このおっぱい。

「まぁでも……そのしつこさが実を結ぶことも、時にはあるかもしれませんね」

「え……？」

麻耶さんが、俺に一枚のメモを差し出す。そこには電話番号が記されていた。

「この番号に電話してください。山口《やまぐち》監督があなたと話をしたいそうです」

「山口、監督……？」

それは、いつも俺がスタジオでアイちゃんアピールをしまくっている内の一人だ。

もしやと思い、早速その場で電話をかける。

そして、話の内容は——

「ほ、本当ですかっ⁉　本当に優香でいいんですか⁉」

『うん。いいよー。と言っても、あくまでオーディションに出てもらうだけだけど』

やはり、オーディションのお誘いであった。これぞ、一番望んでいた結果……！　それも、メインヒロインの役らしい！

『君があんなに毎日毎日優香ちゃんの名前を連呼するからさ。すっかり名前覚えちゃったよ。それでどんな子か気になったから、演技も見せてもらおうと思って』

「は、はいっ！　是非ともよろしくお願いします！」

『それじゃ、詳細なんだけど……とりあえず資料を渡したいな……』

「分かりました！　これからすぐに伺います！」

改めてお礼を言い、電話を切る。すると、麻耶さんと目があった。

「いいお話のようですね。うまくいくことを祈ってます。これ以上付き纏《まと》われないために」

「はいっ！　ありがとうございます！」

麻耶さんに深く頭を下げて、俺は早速監督のいるスタジオへと向かった。

※

「ただいまアイちゃんー！　帰ったぞー！」

スタジオで例の話について聞き、事務所の雑務を終わらせた後。俺は深夜に帰宅した。

一方アイちゃんは、ソファーに座って次の収録の原稿を読み込んでいたようだ。

「あっ、お帰り奏太。どうしたの？　なんだか、すっごく嬉《うれ》しそうだよ？」

「アイちゃん、アイちゃん。これなーんだ？」

「え、なんだろう……？　何かのプリント？　まさか、オーディションの原稿とか？」

「おっ、正解！　実は原稿もらってきました！　メインヒロインのオーディションの！」

「へー、そうなんだー。メインヒロインのオーディションんんんんん!?」

一度さらりと流しかけたアイちゃんが、グラデーションで驚きをみせる。

「え、え、ホントに!?　オーディション原稿!?　それも、メインヒロインの!?」

「ああ。今日、幸運にも話をもらったんだ」

「うそ……信じられないよ！　そんないい話が来るなんて！　正直、半分諦めてたのに……。私みたいな新人は、ヒロインのオーディションは受けられないって……」

「そんなに自分を卑下するな。とにかく一旦原稿を見てくれ。色々詳細を説明するから」

「う、うん分かった！　お願いね！」

俺の渡した原稿を、なぜか正座で受け取る彼女。そして、俺は詳細を話し始めた。

「まず今回受けるのは、アニメ『君と見た空』のオーディションだ。これは少年雑誌に載っている、ラブコメ系の作品になる」

君と見た空——通称、キミゾラ。

この作品の内容は、閉鎖直前の田舎町で暮らす少年少女の、スローライフ系ラブコメだ。

田舎町ならではののんびりとした空気の中、主人公の少年とヒロインたちとの日常が、コメディタッチで描かれていく。ちなみに以前もアニメ化しており、今回のアニメはキャストなどを一新したリメイク版となるようだ。俺は原作漫画も以前のアニメもチェックしており、リメイク版は一体どのような作品になるのか、今から楽しみでしょうがない。

しかし男向けの作品だから、きっとアイちゃんは知らないだろう。そう思い、詳しく説明しようとするが――

「えっ⁉　『キミゾラ』のオーディションなの⁉」

急に彼女が大声を出した。

「ど、どうした……？　知ってるのか……？」

「知ってるも何も……これっ、私が声優を目指すきっかけになった作品だよー！」

聞くと、彼女もリメイク前のアニメを視聴していたらしい。そこで『東雲美琴《しののめみこと》』という役を演じる、当時はトップだった声優、『相澤莉子《あいざわりこ》』の演技に憧れ、この業界に入ったみたいだ。ちなみに相澤莉子は数年前、声優業界を去っている。

「私、昔は声にコンプレックスがあって……。この高くてアニメっぽい声を、皆《みんな》にからかわれてきたの……。でも、アニメで莉子さんの演技を聞いて、声の仕事の凄《すご》さに気づいた。それで、自分の声でも、同じことをしてみたい、自分の声を嫌うんじゃなくて、ちゃんと活《い》かしてみたいって思った。だからこの作品には、かなりの思い入れがあるの……」

「そうだったのか……。それは、面白い巡り合わせだな……」

まさか、そんな作品のオーディションをたまたま引き当てることになるとは……。

「ちょっと待って……？　しかも、メインヒロインのオーディションってことは……まさか、東雲美琴役かな⁉」

「あ、うん……。そうだ。東雲美琴のオーディションだよ」

東雲美琴——ハーレム系少年漫画であるこの作品の、正ヒロインの女の子。素直で大人しい性格の幼馴染《おさななじみ》で、おっとりとした口調の少女だ。だが実は、芯の強い一面もある。

当然主人公である一ノ瀬勝也《いちのせかつや》が好きなのだが、普段はあまりヒロインレースには参加せず、一歩引いた位置で勝也を見守る……そんな感じのキャラクターである。

「嘘《うそ》……嘘⁉　夢みたい！　あの憧れのキャラクターを、自分も演じられるなんて！」

よほどそのキャラが好きらしく、ぴょんぴょんと小躍りするアイちゃん。

「いや、でもまだ役が決まったわけじゃないからな？　あくまで、オーディションに出られるってだけで……」

「分かってる！　それでも嬉しいの！　憧れのキャラのオーディションに誘ってもらえたんだもん！　ああ、もう！　皆に自慢しちゃおっかな！」

アイちゃんが嬉しそうに、最近友達になったリンリンとネネちゃんに連絡を送る。

まあでも……正直俺も、テンションが上がっているのは同じだ。

なぜならこの『君と見た空』という作品は、かなり人気の高い作品だからだ。

以前から長期連載している作品で、コミックの累計発行部数は一五〇〇万部を突破している。その上、キャラクターの人気——とりわけ、メインヒロインの美琴の人気も、全ラブコメ漫画と比較しても、高い位置にいると言っていい。俺も大好きな作品だ。

もしもアイちゃんがこの役を勝ち取ることができたなら、間違いなく彼女の注目度は上がる。そうなれば、一気に人気声優への道を駆け上がるのも夢じゃない。

「……っていうか、絶対受かってみせるよ！　ただでさえ誰よりも大好きな役だし、ここで受からなきゃクビだもん……！」

アイちゃんが、自身に言い聞かせるように言う。

オーディションの日は、二週間後。そして契約終了は、三週間後に迫っている。

現時点で他にオーディションの誘いがない以上、タイミング的にこれで決めないと、彼女の言う通り俺たちのクビは確実だろう。

「大丈夫……。絶対に受かる。アイちゃんなら、絶対に」

「ありがとう……。そうだね……強気で頑張っちゃうよ！」

幸い、彼女はやる気に溢《あふ》れている。プレッシャーに押し潰されてもいないようだ。

これならきっと、本来の力を出し切れるだろう。

「それじゃあ、早速もらった原稿を確認しよう。いや、その前に……先に原作を読んでおくか？　俺の部屋に揃《そろ》ってるぞ？」

「大丈夫だよ！　内容はほとんど知ってるから！　それよりもまずは、オーディションで読むセリフが知りたい！」

「分かった。それじゃあ——この原稿だ」

俺は監督にもらった原稿を差し出す。オーディションで参加者が読むべきセリフと、その簡単な状況説明、そしてキャラの情報が書かれた原稿だ。

「なるほどね。セリフは五つ……。その上、かなりの長ゼリフもあるね……メインヒロインだけあって、いつもより難易度が高いかも……。でも、その分やり甲斐《がい》もあるよね！」

「どうする？　とりあえず、試しに読んでみるか？」

「もちろん！　まずは最初の三つを読むから、しっかりアドバイスお願いね？」

そう言い、原稿を手に持つアイちゃん。そして、呼吸を整える。

またアイちゃんの新しい演技を聞くことができる……それだけで異常に心が躍る。

さあ、早速見せてくれアイちゃん！　君の素晴らしい演技をおおお！

『ねぇ、カッちゃん。いい加減起きてよ？　今日テストなのに、遅れちゃうよ？』

最初のセリフは、幼馴染の主人公——勝也を起こそうとする美琴のシーン。アイちゃんはそれを、少し困ったような調子で演じる。

『私、誰よりもカッちゃんの良さを知ってるよ？　だからそんなに落ち込まないで？』

次は、憧れの教師に告白した挙句玉砕した勝也を美琴が優しく慰めるシーン。普段通りのおっとりとした優しい口調で、彼を元気づける美琴。

『キャアァァッ⁉　見ないでカッちゃん！　今日のパンツ、可愛《かわい》くないからーっ！』

最後のシーンは、勝也に下着を見られる場面。普段はマイペースな彼女が焦《あせ》る様子を見られる場面だ。恥ずかしそうにする可愛らしい声で、アイちゃんが美琴に命を吹き込む。

アイちゃんの演じる、新しい少女。素晴らしい声優と、大人気のキャラ。その二つが組み合わさって、今まで俺が見たことのない演技が目の前に現れる。

それを間近で見つめた、俺の率直な感想は……！

「ん……？」

なんだか、不思議な感覚にとらわれていた。

なんだろう……悪くない……悪くはないんだ……。アイちゃんの声はいつも通りに可愛いし、読み方が下手なわけでもない。

でも……何か違和感がある。その正体はハッキリしないが……なんだか、いつものようには絶賛できない……。

「ねぇ、奏太。どうかな？　私の演技。良《い》いところはあった？　改善点は？」

「あ、いや……えっと……なんていうか……」

聞かれて、言葉に迷ってしまう。

違和感があるのは確かだが、その正体が分からない以上、何を言うべきか不明なんだ。

ただ、俺の様子で彼女もすぐに察したらしい。不安そうに問いかけてくる。

「なにかな……？　どこか変だった？　読み方？　それとも、声の感じ？」

「いや……明確に変ではないんだけど……。なんだか、違和感があるというか……」

仕方なく、そのまま口にする。しかしそんな感想で、彼女が納得するわけもなく……。

「違和感……？　具体的に、どこがどう変だと思ったの？」

「それは、つまり……ちょっと言語化できないんだけど……」

「えぇー!?　どういうこと!?　それじゃあ直しようがないよー！」

ごもっともな意見ですね、はい。俺も逆の立場ならそう思います。

「うーん、どうしよう……？　それじゃあ、さっきの感じでもう一回読むから、聞きながらどこが変なのか考えてみてくれるかな？」

「わ、分かった……！　頑張って考える……！」

意気込み、神経を研ぎ澄ませて、演技を見極める準備を固める。

そしてアイちゃんも深呼吸をし、もう一度さっきのセリフを読む――

ピンポーン
――直前、インターホンが鳴った。

「え……誰だ……？　こんな時間に……」

この家には滅多に誰もやってこない。それほど親しい友人はいないし、通販を使ったわけでもない。ましてや、こんな時間に来る人なんて――

『アイちゃーん？　佐伯《さえき》寧々《ねね》でーす』

『もしもーし！　私も――凜音《りおん》もいますよー！』

「はぅあっ⁉」

な、なにぃ⁉　ネネちゃんにリンリンだとぉ⁉　なんでこの二人が俺の家に⁉　場所なんて教えてないはずなのに！

いや、待てよ……？　今あの二人は、俺じゃなくてアイちゃんのことを呼んでいた。ということは、もしかして……。

「あの……アイちゃん……？　もしかして二人に家の場所……教えた？」

「あ、うん……。前にラインで教えたよ？」

マジかこの子！　自分の家として俺の家を教えちゃったのか！　いや、まあ確かに今はアイちゃんの家でもあるけど！　でも、同棲《どうせい》中の家を教えちゃうんだ⁉

「いや、これマズいぞ！　このままじゃ、俺たちが同棲してるってバレる！」

もし二人で暮らしていることがバレたら、変な疑いを持たれる可能性がある。

彼女的にも、同業者に同棲が知られて、業界内に変な噂《うわさ》が発生するのは困るだろう。まあ、あの二人は人が嫌がる噂は流さないだろうけど……口を滑らせることはあり得る。

「え……？　でも、『次のお仕事について打ち合わせしてた』って言えばいいんじゃ？」

「いや……こんな時間に家でマネージャーと二人きりな時点で怪しいぞ……？」

事務所のマネージャーたちの働き方を見ていると、こんな遅くにタレントの家に行くものじゃない。声優をしている二人ならそれを承知してるだろうし……。

「えー⁉　それじゃあ、早く逃げなきゃ！　あ、でも私の家ってことになってるから……

ごめん、奏太！　ちょっと出かけてきてー！」

「そんな急に言われても！」

なんて、呑気《のんき》に言い合っていると——

「あ。ネネさん、鍵開いてますよ。女の子なのに、不用心ですね……」

「中に入ってみましょうか。もし何かあったら大変だし……」

うわあああヤべぇぇぇぇぇぇ！　入って来たあああああ！

ネネちゃんたちが廊下を歩き、リビングに近づく足音が聞こえる。これはヤバい！　ここから別の部屋に逃げるには、一度廊下に出る必要がある。要するにもう逃げられない！

「そんなー！　どうしよう……？　奏太、どっかに隠れられないかな⁉」

「いや、隠れるって言ってもどこに⁉」

この部屋に押し入れなどはなく、身を隠せる場所はどこにもない。

本当にもう、万事休すだ。このままだと、確実に誤解を招いてしまう……！

そんな時、アイちゃんが決意のこもった声で言う。

「こうなったらもう、これしかない……！　奏太！　ちょっとしゃがんでもらえる？」

「え？　なんでいきなりそんなこと……」

「いいから、早くっ！　時間が無いからっ！」

有無を言わさぬ必死な声に、俺は慌ててしゃがみ込む。何をするのかも分からずに。

すると次の瞬間、アイちゃんが動いた。彼女は俺の目の前で、自らのロングスカートをガバッと豪快にたくし上げた。

「んんん※@＃％＊⁉」

混乱のあまり言葉にならない声が漏れる。ムッチリとした肉感的な太ももに、彼女の穿《は》いているピンクのパンツが、俺の視界に現れる。

さらにその直後。彼女はしゃがんだ俺の全身を、ロングスカートで綺麗《きれい》に覆った。俺をスカートの中に招き入れ、見事に隠した形である。

「いや、何してんの⁉　ほんと何してんの⁉」

「だってもう、隠れられる場所ここしかないから！　奏太はここでじっとしてて！」

だからって思い切りすぎだよね⁉　女の子が自ら男をスカートに招き入れるなんて！

「で、でもパンツだけは見ちゃダメだよ！　絶対に見ちゃダメだからね⁉」

すでに見ちゃってるんですが、それは……。

『あっ！　あっちからアイちゃんの声がしましたよ！』

リンリンたちが、小走りで廊下を渡る音がする。

「だ、ダメッ……もう来ちゃう！　奏太、そのままここにいてね！」

マジかよ……！　本当に、ここに隠れるしかないのかよ……！

当然だが、女子のスカートに招かれるなんて、人生で初めての経験だ。今まで味わったことのない、様々な感触が俺を襲う。アイちゃんの安らぐような体温に、女の子のいい匂い。薄暗い視界の中で見える、彼女の穿いているピンクのパンツ。

「くっ……！」

すでに見てしまった後とはいえ、さすがにガン見は悪いと思って目を閉じる。

ああ……しかし、俺は今アイちゃんのスカートの中にいるんだな……！　目の前には、夢にまで見た推しの声優の生パンツ……！　ヤバい……やっぱり、超見たい……！

「アイちゃん。こんばんは！」

「突然入ってきてごめんなさい。でも、鍵が開いてたから心配で」

「う、ううん！　気にしないで！　私こそごめん！　気づかなかったよー……」

リンリンたちが来たようだ。声の近さで、アイちゃんの側《そば》にいることが分かる。

「とりあえず、座って二人とも……！　そこのソファー、使っていいよ……」

「ありがとうございます！」「それじゃあ、お言葉に甘えるわ」

二人が、少し離れた位置のソファーに座る。そんなとき、小さくアイちゃんの声……。

「お願いだから、ほんとにパンツは見ないでぇ……！」

羞恥に震えたような声……。彼女の真っ赤に色づいた顔が容易に想像できてしまう。

さすがに申し訳なくなり、俺は小さく「はい……」と呟《つぶや》く。

直後、彼女が二人に声を向けた。

「えっと……それで、今日は何の用事で来たの？　それも、こんな夜遅くに……」

「それなんですけど！　アイちゃんも、『君と見た空』のオーディションに出るんですよね？　さっきの通知、見ましたよ！」

「実は、私たちも出ることになったのよ。私はサブヒロインの『加山千歳《かやまちとせ》』役。リンリンも同じく『鈴木雛子《すずきひなこ》』役で」

「えっ、そうなの!?　二人も参加するんだー！」

　まさか、この二人もオーディションに参加するとは……。加山千歳は主人公の先輩で、皆のお姉さん的な立ち位置のキャラクター。そして鈴木雛子はウザ系の、主人公の後輩である。しかし、みんな受ける役が被《かぶ》らなくて良かった……。

「それで今日は、一緒に練習でもどうかと思ったんですよ！　明日《あした》は収録もないし、どうせなら皆《みんな》で読み合わせとかできたらなって」

　声優三人で一緒に練習……？　なるほど。それは魅力的な提案だ。

　でも……ダメだ。今だけはだめだ。

　合同練習で長居なんてされたら、この状況がバレてしまう。

　だって、正直今でもかなりマズいし……！　狭い場所で無理にしゃがみ込んでいるせいで、足への負担が半端《はんぱ》ない。どうしても、もぞもぞと身動きをしてしまう。

「なるほど、いいね……あっ、ん、はんっ……！」

　俺が動いた影響で、悩まし気な声を漏らすアイちゃん。当然、それに二人も反応する。

「アイちゃん、どうかしたのかしら？　なんだか、様子がおかしいわよ……？」

「あ、いやなんでも――んっはぁぁんっ！」

「な、なんですか⁉　どこか悪いんですか？」

ガタッ！　とリンリンが立ち上がる音。いや、マズいマズい！　絶対近づかせちゃダメだ！　さすがに寄ってこられたらバレる！

「ち、ちがっ……そうじゃなくて、その……今のは発声練習だよっ！」

「発声練習……？　今の喘《あえ》ぎ声が、ですか……？」

「そ、そう！　喘ぎ声って意外と練習になるらしくて！　たしか、誰かが言ってたよ！」

「へぇ……。アイちゃんは物知りなのね？　私もやってみようかしら。はぁぁん！」

「え、えっと……じゃあ、私も……んあぁぁんっ！」

アイちゃんの奇妙な弁解のおかげで、女子同士が喘ぎ合うという謎の状況が爆誕した。

とはいえ、何とか誤魔化しきれたようだな……。でもこのままだと、また不安定さが原因でアイちゃんに危害を加えてしまう……！

仕方なく、俺は彼女の足を両腕で抱き、それを支えに持ちこたえることにした。だがその際には必然的に……彼女のパンツが、鼠径《そけい》部が、俺のすぐ目の前に迫る。

「…………っ！」

俺は再び目を閉ざす。しかし一度脳裏に焼き付いた映像は、中々消えてくれなかった。彼女のパンツが頭に浮かび、その上俺が摑《つか》んでいるのは、彼女のムチムチな太ももだ。

ダメだ！　何を意識しても性的な方に意識が向く……！　そのせいで呼吸も荒くなる！

するとその息が、彼女の太ももに当たってしまい……。

「んんっ、くっ……うぅっ……息が……んあぁっ……変なトコ、当たって……！」

「えっと……アイちゃん？　大丈夫かしら？　なんだか、お顔がすごく赤いわよ……？」

「あ、いや……！　これくらい大丈――ひゃあぁぁんっ⁉」

「いや、大丈夫には見えませんよ……？　やっぱり、どこか具合が悪いんじゃ……？」

そう言い、再びリンリンがこちらに近づく。

ヤバいヤバいヤバいヤバい！　バレるバレるバレるバレる！

「や、やめて――あんっ！　来ないで――あぁんっ！　今、その……訓練中だから！」

「訓練中……？　何のですか？」

「あ、足腰の！　発声のついでに足腰も鍛えようと思って、四時間立ちっぱなしなの！」

「よ、四時間⁉　ずっとそこに立ってるんですか⁉」

「なるほど。収録中、長時間立ちっぱなしのこともあるかもしれないものね」

「そ、そうなんですか……声優たるもの、足腰も大事なわけですね……？」

必死さが謎の説得力を生んだのか、二人とも素直に信じてくれた。

「と、とにかくね？　私は今、独自の訓練中だから！　悪いけど今日は一緒の練習は無理なの！　誘ってくれたのは嬉《うれ》しいんだけどね！」

「そうなの……。分かったわ。こっちこそゴメンね？」

「私たちも、突然来ちゃいましたしね。偶然、別のお仕事で同じスタジオにいましたし」

なるほど……二人が一緒にここまで来たのは、もともと同じ場所にいたからか。それでアイちゃんからの連絡を受けて、皆で練習しようとしたと……。

「とりあえず、今日は帰ってもらえるかな……？　また、後日埋め合わせはするから」

「ええ。そうするわ。でも、今度一緒に練習したいわね。それぞれのキャラについて、皆で話し合ったりもしたいし」

「今回のキャラクター、私たちにはちょっと難しいですからね。基本的にみんな田舎に住んでる分、地元愛とかすごく強いですし」

リンリンの言う通り、『キミゾラ』は田舎に住む主人公たちの恋愛模様を描いた作品。東京出身のリンリンではその心情に共感できず、演技にも影響が出るのかもしれない。

「この作品は、キャラたちが全員舞台の町をすごく大事に思ってるわよね。遊ぶときは本当に楽しそうだし、過疎化が進んで町が閉鎖されそうな時には団結して町を守ってる。そんな地元を愛する気持ちを、ちゃんと表現しないとね」

「そうですよね。こうなったら、実際に田舎とかに行って、取材しておくべきですかね」

なんだか、その場で話し込むリンリンとネネちゃん。マズいぞ……このままでは、いずれ俺の存在がバレる。しかも今バレたら、俺はスカートに潜り込むとんでもない変態だ。

……なんだかこんなことするよりも、素直に事情を話した方が億倍マシだったように思える。しかし、今更どうしようもない。この際隠し通すしかないのだ。

そんな焦《あせ》りが、アイちゃんからも伝わってくる。足は小刻みに震えており、心なしか俺の目の前にあるパンツも湿っている気がする……汗で。

そして、そんな焦りに突き動かされてか……アイちゃんが二人に持ちかけた。

「それなら、皆で取材に行こっか！　この作品の舞台の田舎に！」

『え……？』

突然の提案に、疑問の声を上げる二人。

「この作品、『山川町《やまかわちょう》』っていう田舎町が舞台のモデルになってるの！　だからそこに行ってみれば、田舎の良さとか空気感とかも分かると思うよ！　私も、地元はそこまで田舎じゃないから郷土愛とかはよく分からないし、よかったら皆で行ってみようよ！　どうせならそこで練習もすれば、より作品の雰囲気を摑めそうな気がするし！」

早口でそうまくし立てるアイちゃん。延々とここで話されるより、とっとと話をまとめ上げて帰ってもらう作戦だろう。そして、それは成功する。

「へぇ！　それはいいわね！　聖地巡礼しながらの練習！」

「作品の雰囲気を摑みながら、うまくキャラづくりができそうです！　今度みんなで行きましょう！」

「決まりだね！　じゃあ今日はもう解散しよ？　近い内に詳細を決めて連絡するから」

「分かったわ！　私も念のため、マネージャーさんに話しておくわね！」

「楽しみにしてますね、アイちゃん！」

あっという間に話が決まって、即解散の流れになる。そしてリンリンとネネちゃんが部屋を出ていき、玄関の戸が閉まる音がした後――

――アイちゃんが泣きそうな声で叫んだ。

「かっ、奏太――――！　スカートの中で動きすぎ――――！　エッチ――――！」

その後。俺はスカートから出て、しばらくアイちゃんに怒られた。

※

スカート侵入事件から数日後。聖地巡礼の約束は、無事に実現することになった。

皆の都合が合う日を選んで、四人で『君と見た空』の舞台である、山川町に訪れる。

「う～んっ……！　本当にいいところね～！　空気がすごくおいしいわ～！」

大きな胸を揺らしつつ、気持ちよさそうに伸びをするネネちゃん。

ここは都心から電車で二時間、バスで一時間の場所にある、山のふもとにある町だ。彼女の言う通り、空気が澄んでいるのを感じる。

「たまには、こういうところに来るのも楽しいですね！」

「人間、自然の中に身を浸すのも必要だって聞いたこともあるよー！」

おそらくは初めての田舎町に、テンションを上げるＪＫ三人。しかし遊びに来たわけではないし、今回の旅は日帰りだ。あまりゆっくりはしていられない。

「とりあえず、一通り町を歩いてみよう。練習は雰囲気を摑んでからだ」

俺の言葉に三人が頷《うなず》く。そして俺たちはバス停から離れ、一緒に町を見て回った。

とは言え、この町はかなり小さい。あっという間に一通り歩ききってしまう。町にあるのは小さな集落と、古びた商店。あとは役場や郵便局など、生活に必要な最低限の施設だけ。その一方で田畑や川、森などの自然だけは豊富な点が、いかにも田舎といった風だ。

だが、ネネちゃんやリンリンはそんな町を見て、かなりテンションを上げていた。町の姿が『キミゾラ』の中で描かれていた風景と、全く同じだったからだ。

「あー！　あそこの公園！　三巻で雛子が勝也に告白した場所と同じです！」

「見て見て！　あっちには駄菓子屋さんがあるわよ！　いつも皆が集まっていた場所！」

二人ともテンションを上げながら、俺にその場所を指し示す。

ああ、確かに分かる。漫画のファンだと、こういうのすごくワクワクするな。

でもさ。実は、一つ聞きたいことがあるんだよ……。

「えっと……どうして二人は、俺に密着してるんだ……？」

さっきからネネちゃんが俺の右手に、リンリンが左手に抱き着いていて、身動きがほぼ取れていなかった。一体、どういうつもりなんだ……？　正直、すごく照れくさい……。

「だって、せっかくキャラを深めるために聖地巡礼をしているんだもの。それならちゃんと、『キミゾラ』のヒロインと同じように、ハーレムっぽくしていかないとね」

「そうですそうです。これはキャラ作りの一環です。だから文句は受け付けませんよ？」

「そうなのか……？　本当にそうなのか……？」

「負けないわよ、リンリン。私の方が、奏太君とイチャイチャするんだから。もちろん、ヒロインを演じる練習としてね！」

「こっちこそ負けませんよ、ネネさん！　先輩とイチャつくのは私ですから！　当然、ヒロインを演じる練習として！」

火花を飛ばし合うネネちゃんとリンリン。二人はさらに強く俺の腕に抱き着き、それに伴いネネちゃんの巨乳とリンリンのちっぱいが俺の腕にふおわああああああああ！

な、なんだろう、この感覚は……⁉　推しの声優たちに両側から挟まれるこの幸福感……これが両手に花というやつか……！　や、ヤバいぞこれ、嬉しすぎて鼻血が……！

「じ～……」

「――はっ！」

視線を感じ、横を振り向く。するとそこには、ジト目で俺を見るアイちゃんがいた。

「むぅ……。奏太、ニヤニヤしてる……！」

い、いかん……！　なんだか、アイちゃんが不機嫌になっている。

確かに、他の男女がくっついている様子を見るのは、普通に考えて不快だよな……。人によってはそういうのを見ると、爆発させたいほど相手を憎んだりもするらしいし、彼女もそういうタイプなのかも……。

であれば、役作りのためとはいえ、怒られる前にやめないと……。

「あ、そうだ！　皆《みんな》、一回公園で休憩しないか⁉　そろそろ昼だし、弁当でも……」

「それいいですね！　賛成です！　実はお腹空《なかす》いてたんですよ！」

「私も賛成。本格的な練習の前に、腹ごしらえだけしちゃいましょう」

俺の提案に彼女たちも乗ってきた。よし、これで二人のアプローチを中断できるぞ。

※

と、思ったけどダメでした……。

「はい、奏太君。あ～んして？」

「あ、あ～ん……」

ここでも、俺はイチャつかれていた。ヒロインの練習相手として。

広げたブルーシートに座って皆で弁当を食べる中、ネネちゃんがまた俺に近づく。

「どう？　この生姜《しょうが》焼き、ちゃんとおいしい？　一応、手作りなんだけど……」

「は、はい……すごくおいしいです……。タレの味付けが絶妙で……」

「本当？　よかった。じゃあ、いっぱい食べさせてあげるわね。あーん」

「いや、『あーん』は必要ないですよ……？　俺、一人で食べられますし……」

「でも、一応練習だもの。ヒロインをやるなら、もっとイチャイチャを学ばなきゃね」

そう言い、「あーん」してくるネネちゃん。俺はそれに負け、仕方なく再び口を開く。

「ふふっ。いい子ね？　この調子でたくさん餌付けしてあげる。私がいないと、生きていけなくなるくらい……」

「いや、やり過ぎでしょ！　変なこと考えないでください！」

「でも、悪い気はしないでしょう？　あ～ん」

「うぐっ……あ～ん……」

されるがまま、卵焼きを口に入れる俺。やっぱり、驚くほどうまい……！

「つ・い・で・に♪　こっちも食べていいのよ～？」

「ブッ⁉」

言いながら、ネネちゃんが大胆に胸元を開いた。彼女の深い谷間が露《あらわ》になり、豊満なお胸様がプルンと揺れる。

「デザートは私のぷるぷるプリンね。遠慮せずに召し上がれ♪」

「いや、食べませんよ⁉　しまってください！」

「ふふっ……♪　ムキになっちゃって……可愛《かわい》い♪」

悪戯《いたずら》な笑みを浮かべるネネちゃん。この人は、また俺をオモチャにしているな……⁉

一方、逆サイドではリンリンまで——

「先輩、私もサンドイッチを作ってきました～！　早く食べさせてくださ～い！」

「いや、そこは普通に自分で食べよう⁉　俺の力借りる必要ないよな⁉」

「いいじゃないですか！　私だってイチャイチャの感覚を摑《つか》みたいんですから！　それに、先輩だってネネさんに食べさせてもらってるじゃないですかー！」

「うぐっ……！　わ、分かったよ……。じゃあ、あーん……」

「えへへ……あーん……ん～！　おいひぃ～！　ありがとうございます、先輩～っ！」

そう言い、コロンと俺の膝の上に転がるリンリン。なぜか俺が膝枕をする形になった。

「なるほど、これがイチャイチャですか～。先輩とこうするのも、悪くないですね？」

「いや、リンリンのそれはイチャイチャじゃないから。ダラダラしてるだけだから」

「いいじゃないですか。一緒にくっついてダラダラするのも、恋人っぽくないですか？」

それは確かに、そうかもしれんが……。

「んふふ～……。先輩の膝枕、とっても気持ちいいですー」

そう言い、ゆっくりと頬ずりをするリンリン。ムーブが懐《なつ》いた猫である。

「あ。そういう感じも悪くないわね。膝枕もすればよかったかしら？」

羨ましがらないでください、ネネちゃん。というか、助けてくれませんかね？

「じ～……じ～っ……！」

「はぅあっ……⁉」

再びアイちゃんの視線を感じる。二人とベタベタし過ぎたせいか、明らかにさっきよりも不機嫌だ。ここは、ひとまず抜け出さないと……！

「わ、悪い！　ちょっとトイレ！」

「え？　キャアッ！　先輩、もっと膝枕してくださいー！」

俺はこれ以上アイちゃんを怒らせないように、無理やり二人の側《そば》から離れる。

そして、その場から去ろうとした瞬間。

「もう、我慢できない……奏太のバカ――――！」

アイちゃんが叫びながら、俺の胸の中に飛び込んできた。

「えっ……!?」

どういうことが分からずに、俺はそのまま固まってしまう。

「え、えっと……アイちゃん……？　これは、一体……？」

「……………………！」

俺の腹部に顔をうずめて、強めに抱きしめてくるアイちゃん。彼女はしばらく何も言わずに、こうして俺に抱き着き続ける。

え、え……？　何？　突然、何……？　推しにハグされるのは嬉《うれ》しいが、いきなり過ぎて驚きが勝ってる。それに第一、アイちゃんって――

「──怒ってるんじゃ、なかったの？」

「……怒ってるよー。当たり前でしょ……？」

俺の問いに、アイちゃんが答える。そして彼女は俺の顔を見る。

「だって奏太、私のことは放っておいて、二人とばっかりイチャイチャしてるもん……」

「え……？」

怒っている理由って、そっち……？　俺が人前でイチャついてたからというより、アイちゃんを放っていたからってこと……。要するに、嫉妬みたいな……？

「ねぇ、奏太っ！　奏太は、私のファンなんだよね？　推しだって言ってくれたよね？」

「あ、ああ……。もちろんだ……！　俺の推しは、アイちゃんだ……」

「それじゃあ、ちゃんと私のことも見て？　ううん……私のことだけ見てて欲しい……」

アイちゃんが両手で、俺の服をギュッとわし摑《づか》みにする。

「他の声優の子たちに、デレデレしないで欲しいよー……」

「…………っ⁉」

アイちゃんの寂しげかつ、拗《す》ねたような涙目が、俺の心に突き刺さる。

推しの子に、もっと自分を見て欲しいと涙ながらに頼まれる。これ以上心を刺激することがあるか……？　少なくとも、俺は何一つ知らない。

「ご……ごめんな、アイちゃん！　俺、もっとアイちゃんを応援するから――」

「――それとも……ファンサービスとかしないとダメ……？　だ、だったら……胸元を少しだけ見せるくらいまでなら……！」

アイちゃんが顔を真っ赤にしながら、服の襟を引っ張った。そこには綺麗《きれい》な胸が作り出す、吸い込まれそうな谷間がある――

「いや、待って待って！　しなくていいから！　普通に応援するつもりだから！」

「じゃ、じゃあ……！　太ももまでなら、このスカートをたくし上げても……」

「だから早まらないでくれー！　心配しなくても、俺はアイちゃんのファンだから！」

理性を守るため目を逸《そ》らしながら、必死にアイちゃんに訴える俺。

「あ、アイちゃん……。これは、強敵のようですね……？」

「さすがは、奏太君の最推しね……。でも、私も簡単には負けないわ……！」

「二人とも、見てないでアイちゃん止《と》めて――！」

結果、アイちゃんを落ち着かせるためにかなりの労力を費やした。

※

騒動の後。町の雰囲気を一通り知った俺たちは、ようやく練習に取りかかった。

基本的にはオーディションのセリフをそれぞれ特訓しようと思ったのだが、せっかく皆一緒だということで、まずは合同での練習だ。

幸い、全員のオーディションのセリフが一個ずつ入ってるシーンがあり、そこから取りかかることになった。

『えいっ、え～いっ！　ふふっ……たまにはこうして川遊びで童心に返るのも悪くないわね～。なんだか昔の血が騒ぐわ……えいっ！　や～あっ！』

「キャーッ⁉　止《や》めてくださいよ、千歳さんー！　……もうっ……そっちがその気なら、容赦しませんよ……！　山川町の人魚と呼ばれた雛子の実力、見せてあげます！」

『ま、待って雛ちゃん！　そんなにしたら下着が――キャアァァッ⁉　見ないでカッちゃん！　今日のパンツ、可愛くないからーっ！』

「はーい、カット！　いったんここまで！」

よりリアルに感覚を掴むため、実際のシーン通り川に入って、水を掛け合うフリをしながら演技をしていた三人を止める。

今彼女たちが演じているのは、幼馴染《おさななじみ》である主人公とヒロインたちが、子供の頃を思い出しながら川で遊んではしゃぐシーンだ。俺は時たま主人公の勝也役のセリフを読みながら、川の外から彼女たちの演技を眺めている。

このシーンは実際に三人で演じやすく、全員オーディションで読む予定のセリフが入っている。だからまずこの場面を選び、演じてみてもらったのだが……。

「先輩。私の雛子の演技は、どうですか……？」

「私、どうすればもっと千歳ちゃんをうまく演じられるのかしら？」

「私の美琴も、まだまだ全然できてないよね……？」

三人が演技を見ていた俺に問いかける。

俺は少し考えてから、率直な感想を口にした。

「そうだな……。基本的にはいいと思うが、もう少し自然でもいいかもな」

「自然、ですか？」

「ああ。キャラの役割や感情をしっかりと掘り下げて理解したうえで、それをそのまま表現してほしい。いい演技をしようとか、こういう雰囲気でやろうとか、そういう気持ちがキャストにあると、演技が駄目になると思う」

という俺のアドバイスに、三人が「ほぇ～」と放心する。

「わぁ……！　奏太、さすが私のマネージャーだね……！」

「思った以上に、ちゃんとした意見です……」

「ええ。とても参考になるわね」

　まあ、半分くらいは先人の受け売りなんだけど……。ネットで読んだ演技のコツに関する記事を参考にさせて頂いた。アイちゃんのために勉強してる甲斐《かい》があったぜ……！

「つまりこのシーンだと、もっと自然に楽しそうな感じを出すべきだってことですか？」

「ああ。それができればベストだと思う」

今の三人の演技を見ると形はとてもよくできている気がする。でも、心から楽しんでいる感じはイマイチ伝わってこなかった。

「もしかしたら……演技とかセリフとか気にせずに、一回皆《みんな》で実際に川遊びをしてもいいかもしれないな。キャラクターたちと、同じように」

気持ち作りから入るなら、まず演技を忘れるべきかもしれない。以前の収録でも、ネネちゃんとリンリンがアイちゃんに対して百合絡《ゆりがら》みをして、彼女の演技の質が良くなった。聖地に来た以上、その効果を狙って同じ状況での行動を体験してもいいだろう。

「あ！　それいいわね！　せっかくだし、皆で少し遊びましょう？　自分たちも童心に返って遊んだ方が、キャラの気持ちが分かると思うわ」

「でも、私たち水着とか持ってきてないよー？　できることは少ないんじゃないかなぁ」

「そうですよね……。本気ではしゃいだら、服が濡《ぬ》れちゃうし……」

「気にしない気にしない！　とにかく今は楽しみましょう！」

そう言いながら、川の水に手を浸すネネちゃん。そして彼女は、掬《すく》った水を躊躇《ちゅうちょ》なく他の二人に向けて飛ばした。

「きゃっ⁉　冷たいです！」

「ちょっとネネさん⁉　なにするのー！」

「ほらほら～、まだまだいくわよ～？」

笑みを浮かべつつ、再び水に手を突っ込むネネちゃん。それを見て、二人も警戒する。

「もうっ！　させないよ！　こうなったら、やられる前にやっちゃうから！」

「わ、私も負けません！　戦います！」

「ふふふっ♪　私に勝てるかしら？」

ネネちゃんの挑発を皮切りに、三人での水の掛け合いに発展した。

その様は、まるで『キミゾラ』のヒロインたちが、川で遊ぶシーンそのものだ。この体験を活《い》かしてくれれば、このシーンの演技はもっと自然になるはずだ。

そんな風に安心しながら彼女たちの様子を見ていると……事件は突然発生した。

「くっ、この！　ネネさん、手ごわいかも――キャアァッ⁉」

ネネちゃんから距離を取ろうとしたアイちゃんが、突然声を上げて倒れた。

「うそ……⁉　アイちゃん、大丈夫ですか⁉」

しぶきを上げて、水の中に倒れるアイちゃん。しかもすぐには立ち上がれず、苦しそうにもがきながら顔を出したり沈んだりする。……もしかして、深みにはまったのか⁉

「うっ……！　あぷっ……助けっ……！」

アイちゃんは手足を必死に動かすが、どんどん流れに攫《さら》われていく。

しまった！　完全に溺れている！

川には突然深くなっていて、流れが急な場所もある。そこに足を入れてしまったんだ。パッと見、小さな川にしか見えなかったから、油断しきっていたのだろう。

「待っててアイちゃん！　今助けるわ！」

「ネネさん！　私も行きますっ！」

二人は急いで溺れたアイちゃんを追いかける。しかし水の中で走っても、流される彼女には追い付けない。途中で二人とも泳ぎに変えるが、それでもわずかに届かない。

これはいけない！　俺が助けないと、アイちゃんの命が奪われる！

「うおおおっ！」

俺は上着を脱ぎ、地上から彼女を追いかける。そして先回りをして川に飛び込んだ。

「アイちゃんっ！　俺に掴《つか》まれ――っ！」

「うあっ……あぷっ……！」

未《いま》だ溺れながら流されるアイちゃん。しかし俺の姿が見えたのか、こちらに必死に手を伸ばす。俺もアイちゃんに近づいて、同じく彼女へ手を伸ばした。

そして、何とかその手を摑む！

「う……りゃあぁぁぁっ！」

「ぷはぁっ！」

思いっきりアイちゃんの体を引き寄せて、浅瀬の方へ引き上げる。そしてそのまま、川から地上へと連れ出した。

「はぁっ……はぁっ……死ぬかと、思ったよー……」

岸で横になりながら、必死に息を整えるアイちゃん。

幸い、普通に喋《しゃべ》れるようだった。多少水を飲みはしたと思うが、特に問題なさそうだ。

よかった……。無事に助け出せて……。

「アイちゃん！　溺れてませんか⁉　無事ですか⁉」

「意識はあるの⁉　大丈夫⁉」

後から、川から上がったリンリンとネネちゃんが俺たちのもとに駆けてくる。その死ぬほど不安そうな顔に向けて、俺は親指を立ててみせる。

すると、二人とも胸をなでおろした。

「二人とも、心配してくれてありがとう……。あと、奏太も……助かったよ……」

「いいよ。これくらい当然だろ？」

いや、しかし……本当によかった……。今のはマジで最悪のケースが考えられる状況だったぞ……。これからはもっと注意しないとな……。

「とりあえず……一旦日陰で落ち着こう……。アイちゃん、一人で立てそうか？」

「う、うん。大丈夫だと思う……」

そう言い、アイちゃんがゆっくりと体を起こす。

しかし、もしどこかに傷があったら大変だ。水中の石で体を切っているかもしれない。

そう思い、改めて彼女の全身を見回す。

「え……？」

そして、重大な事実に気が付く。アイちゃんの服が、水に濡れて透けてしまっていた。

「…………！」

彼女が着ているのは、シンプルな白いシャツだった。それが水濡れのせいで透けて、淡いピンク色の下着をくっきりと晒《さら》してしまっている。

いや……アイちゃんだけじゃない。よく見るとリンリンとネネちゃんの二人も、スケルトンになっていた。アイちゃんを助け出そうとして、服を着たまま泳いだせいだろう。

リンリンに至っては着ていたキャミソールがはだけてブラが丸見えになっているし、ネネちゃんはブラウスが肌にピッチリと張り付き、大きな胸がその存在感を示している。

そんなエロやかな見た目の女子三人に、今俺は囲まれているわけで……。

「奏太……？　どうして固まってるの……？」

俺の様子に異変を感じ、訝《いぶか》し気な顔を向けるアイちゃん。

そして彼女は、ふと自分の格好に注目する——

「って……えええええ⁉　う、嘘《うそ》っ⁉　服っ、透け……透け透けぇっ⁉」

慌てて体を手で隠すアイちゃん。それを見て、他の二人も気が付く。

「キャアァッ⁉　私たちもじゃないですか⁉」

「あら……ちょっと恥ずかしいわね……」

すぐにキャミソールを直し胸元を隠すリンリンと、頬を赤らめて照れるネネちゃん。

ま、まずい……視線をそらさなければ……！　でも……さすがに気になってしまう！

「か、奏太ー！　こっそり見ちゃダメー！　エッチなのは絶対許さないからね⁉」

「は、はい！　すみませんでしたあぁ！」

ヤバい、バレてた！　怒られた！　ちゃんと煩悩《ぼんのう》を抑えなければ……！

「うう……これ、どうしましょう……？　さすがに、このままの格好じゃ……」

「そうね……。日帰りだから、着替えも持ってきてないものね……」

確かに、この格好のままだと困る……。幸い寒い時期ではないけど、長時間濡れた服を着ていると、風邪を引くかもしれないし。何とかして早く乾かさないと……。

そう思い、俺が悩んでいると——

「ちょっと待って……。ひょっとしたらこれ、いい機会かもしれないわよ……？」

ネネちゃんが、唐突に口を開いた。

「いい機会……？　それって、なんのかな……？」

「もちろん、サービスシーンの練習の機会よ」

『え……？』

アイちゃんとリンリンが、怪訝《けげん》な顔でネネちゃんを見る。

「だって、ちょうど原作の漫画でもこの後、ヒロインたちが川の水でびしょ濡れになった状態で、主人公の勝也を奪い合う展開になるでしょう？　そんなシーン、普段は恥ずかしくて再現しながらの練習なんてできないけど……この状況なら大丈夫じゃない？」

確かに水辺で遊ぶシーンの次は、服を水で濡らし、下着までスケスケにした彼女たちが、勝也に迫るサービスシーンだ。この状況とかなり似ている。

「それに、エッチなセリフもオーディションの課題にあるし、受かったら何度もこういうシーンを演じることになると思うわ。だから、今の内に練習した方がよくないかしら？」

彼女の言う通り、原作ではヒロイン三人が主人公を取り合うために繰り広げる、サービスシーンが非常に多い。多少恥ずかしい思いをしても、練習した方がいいだろう。

いや、だが……さすがに再現するのは問題が……。

「た、確かに……いいかもしれませんね……。もうどの道、恥ずかしい格好は先輩に見られちゃってるわけですし……それならこの機会、有効活用するべきです……」

「ふ、二人とも本気なの!?　そんなエッチなこと、絶対ダメだよ！　不健全だよ！　それに第一、恥ずかし過ぎてできないもん……！」

「でもオーディションで勝ちあがる人は、どの練習からも逃げない人じゃないかしら？」

「……！　確かに、それは一理あるかも……。私も、受かる為《ため》なら何でもしたいし……」

三人が俺の方を見る。いや、待って。もしかして、この流れ――！

「それじゃあ、奏太は主人公の勝也になりきって！　私たち、今から原作通りに奏太のことを誘惑するから！」

「いや、ちょい待って！　それはまずいって！　さすがにそういうシーンは――」

「先輩、往生際《おうじょうぎわ》が悪いですよ！　ちゃんと練習に付き合うのが先輩の仕事ですからね！」

仕事⁉　女子たちに誘惑されるのが⁉

『ほら、勝也君……私のおっぱい、好きなだけ見ていいんだよ……？』

「いや、ネネちゃん⁉　まさかもう始めてる⁉」

『うわ～、勝也先輩、変態ですね～♪　そんなに後輩のパンツが気になるんですか？　じゃあ、サービスしてあげますよ～？』

『か、カッちゃん！　エッチなのはダメだよ？　どうしても我慢できないなら、私が見せてあげるから……』

ネネちゃんのセリフを皮切りに、二人も演技に入りやがった。

スケスケの巨乳を俺に向けるネネちゃんに、スカートをめくりパンツを晒すリンリン。

そして服をたくし上げ、濡れたブラが包んだ胸をこれ見よがしに揺らすアイちゃん。

お、おぉ……おおぉぉぉ……！　なんて贅沢《ぜいたく》な状況なんだ……！　推しの声優たちにこんな、全力で誘惑されるなんて……！

誘うような表情で少しずつこちらに近づきながら、原作通りにアピールをする彼女たち。

いや……原作通りではない。約一名、原作よりも、さらに過激な女の子が……！

『カッちゃぁん……私のことだけ見ていてぇ……？　はぁ……はぁ……！』

「ふぁうっ⁉」

アイちゃんが俺の前で腰を下ろして、足をだらしなく左右に開いた。いわゆる、M字開脚の姿勢だ。スカートは捲《まく》れて、ピンクのパンツが白日の下に晒される。しかも、当然そのパンツも溺れかけたせいで濡《ぬ》れている。そのため女の子の一番大切かつ恥ずかしい部分が、うっすらと見えてしまいそうに……！

『お願い、カッちゃん……。ここに来てぇ……あなたとエッチに交わりたいのぉ……！』

股間に人差し指と中指を添えて、くぱっと左右に開くアイちゃん。その目はまるでハートマークが浮かんでいるかと思うほど、淫《みだ》らに正気を失っている。

また、アイちゃんが覚醒した……！

『私の一番恥ずかしいとこぉ、気持ちよくしてもらいたいのぉ……はぁはぁ……！』

「ま、待てアイちゃん！　早まるな！」

『おっぱいも、お尻も、あそこだって、全部カッちゃんに捧《ささ》げるからぁ……。だから、一緒に気持ちよくなろぉ……？　いっぱい変態なことしよぉ……？』

これ完全に例のスイッチ入ってますやん。役に入り込んじゃってますやん。

『待って、勝也君。美琴ばっかり見てちゃだめだよ？　私にもちゃんと構ってね？』

『後輩をないがしろにするなんて、本当にダメな先輩ですね……？　私のことしか考えられなくしてあげないと……！』

他の二人もアイちゃんに触発されたのか、アプローチをエスカレートさせる。

『勝也君……。私の体、味わって……？』

「うわぁっ!?」

ネネちゃんが俺の手を掴む。そして、強引に胸を触らせてきた。パンパンに育ち、立派に丸くなったおっぱい。沈み込むような柔らかさと暴力的な弾力を同時に味わうことができるその爆乳独自の感触に、俺は興奮を禁じ得ない。

『あ～、服が濡れて気持ち悪いです。いっそのこと、全部脱いじゃいましょう』

一方リンリンは、こちらに近づきつつ見せつけるように服を脱いでいく。上着を脱ぎ、スカートを脱ぎ、下着姿を晒しながら、胸やお尻をわざと振る。俺を挑発するように。

おい、皆《みんな》。原作もそこまではやっていないぞ……！　エスカレートしすぎなんだけど！

しかし三人は自重せず、一様に好意を示してくる。

『勝也君！　私のこと、好きになってくれるかな……？』

『ねぇ、先輩……私とイケないこと、しましょ？』

『私……カッちゃんとなら、いいよぉ……？』

さらにグイッとこちらに身を寄せ、魅力をアピールしてくる三人。

そんな理想的かつ情熱的な状況に、俺は……っ！

「う……おぉ……ふあぁぁぁっ……！」

興奮のあまり、ぶっ倒れた。

「えっ……？　あれ⁉　奏太⁉　どうしちゃったの⁉」

「先輩、しっかりしてください！」

「奏太君⁉　大丈夫⁉」

彼女たちの呼び声が、次第に小さくなっていく。そして、俺は意識を失った。

※

アイちゃんたちの誘惑により気絶した後。

俺は何とか意識を取り戻し、近くの家に住む方に頼んで濡れた服を乾かしてもらった。

その年配のおばさんは、濡れた俺たちの姿を見て、家のシャワーまで貸してくれた。

田舎の人の優しさや、素朴だが意外と楽しめる自然の恩恵。『君と見た空』のキャラクターたちが故郷を愛《いと》しく思う理由を、身をもって体感することができた。

そしておばさんにお礼を言った後、俺たちはようやく真面目な練習を始めるのだった。

『私は、もう逃げたりしない！　どんなに辛《つら》いことがあっても、どんな高い壁にぶつかっても、私は絶対に諦めない！』

アイちゃんが、さっき昼食を摂《と》ったのと同じ素朴な公園でセリフを紡《つむ》ぐ。

残り時間は個別での練習ということになり、俺はマネージャーとして彼女の演技をチェックしていた。

『自分の夢は、自分で叶《かな》える！　そのために私は、この町を出る……！　誰に反対されたとしても！』

それは、オーディションで演じる予定のセリフ。『美琴が公園で主人公に、夢のために東京に出る決意を語る』シーンのセリフだ。

『でも、勝也には……勝也にだけは……ずっと応援していて欲しいの……。たとえ離れたところにいても、私のことを考えて欲しい……』

つまりこのシーンがうまくできないと、オーディションにも受かれないのだが……。

『だって私は……一ノ瀬勝也が好きだからっ！』

セリフを言いきり、そのまま動きをとめるアイちゃん。

そして数拍置いた後、彼女は俺の方を見て聞いた。

「えっと……今度のはどうだったかなぁ……？」

今日、三十七回目の同じシーンを演じ終えて、疲れた様子で尋ねるアイちゃん。

それに対して、俺の答えは……。

「うーん……やっぱり、何か違う気がする。どうしても違和感がぬぐえない……」

「違和感かー……。やっぱり、全然分からないよぉ……」

本日三十七回目の意見に、アイちゃんがげんなりとした顔をする。

「なんというか……普段のアイちゃんの可愛《かわい》さが、あんまり出せてない気がするんだよ……。本当にいつも通り演技してるのか？　何か意識して変えてるところは……？」

「特に何も無いよ。いつも通り。本当に何か違うなら、私が知りたいくらいだもん」

うーん、そうか……。でも、さっき合同練習をした時にも感じていたが……アイちゃんの演技には、やはり正体不明の違和感があるんだ。いつもの彼女じゃないような違和感。

最初にアイちゃんの演じる美琴を聞いてから、今日までずっと考えてきたが、その原因はまだ分からなかった。

「なぁ……アイちゃんは今回のキャラ、自分ではうまく演じられてると思うか……？」

「え……私……？」

本人の感覚も、演技の見直しに必要だろう。その点、どうなのか気になった。

「私は、その……。正直、ちょっと自信はないかも……。先代の莉子さんに比べると、やっぱりどうしても劣るかなって思っちゃう……」

「莉子さんか……。確かに、あの人はかなり演技派だって言われてたしな……」

相澤莉子さんは、今でこそ引退しているが、かつてはトップ声優に昇り詰めた人物だ。個人的な声の好みでは、俺はアイちゃんの方が好きだが、演技の実力という話になると彼女では勝負にならないだろう。莉子さんが演じる様々なヒロインの告白シーンに、俺も何度か胸を打たれた。当然、莉子さんの演じる美琴も非常に素晴らしいものだった。

「私、莉子さんの演技が好きで何度も『キミゾラ』のアニメを観てたんだけど……記憶の中の莉子さんの演技と、今の私の演技とじゃ、決定的な差があるとは思うの……。奏太だって、そう思うでしょ？」

「それは……」

言い辛《づら》さに口をつぐむが、その反応で彼女は察した。落ちこんだように下を向く。

「だから、正直ちょっと辛いかな……。この役を受けられるのは嬉《うれ》しいんだけど、『どうすれば莉子さんに追いつけるの？』って、ずっと考えこんじゃうから……」

「さすがに今すぐ追いつくのは、厳しい相手かもしれないけどな……」

「でも、少なくとも、あの人に近い演技ができなければ、このオーディションには受かりっこないよね……？　莉子さんより大きく劣る人を、監督が欲しがるワケがないもん」

それはアイちゃんの言う通りだ。ただでさえメインヒロインである以上、ある程度以上の演技レベルを求められるに違いない。

「本当に、どうすればもっと莉子さんに近づけるんだろう……？　早く答えを見つけないと、私も奏太もクビになっちゃう……」

「それはそうだけど……あんまり焦《あせ》るのも良くないぞ……？」

『憧れの人に、いち早く近づかなければいけない』。そんな状況がプレッシャーになり、アイちゃんの演技をますます鈍らせる可能性もあるからな……。

「とにかくっ！　こうなったら、うまくできるまでひたすら練習するしかないかな……！

何とかして、少しでも莉子さんに近づかないと……！」

「……それも、そうだな。もう少し練習を続けてみよう」

実際に演技を続けることで見えてくるものがあると信じ、俺たちは再び練習に戻る。

しかし、非常に残念なことに。

この町を去る時間になっても、その演技が洗練されることはなかった。

幕間《まくあい》　ある未来の日常　四

二〇二五年、十月。

俺がベッドで目を閉じて、夢の世界へと落ちる直前。

部屋の扉が静かに開く音がして、うっすら意識を取り戻す。さらにゴソゴソという音とともに、布団《ふとん》が弄《いじ》られるような感触。

何事かと思い、目を開ける。すると――

「えへへ……お邪魔するねー、ダーリン♪」

悪戯《いたずら》な笑みを浮かべながら、もぞもぞと俺の寝床に入り込むアイちゃん。ベッドは一人用のため、お互いの体温が感じられるほど近い位置で横になる。

「あ、アイちゃん……？　どうしたんだ……？」

俺とアイちゃんは新婚だが、普段は別のベッドで寝ている。俺の寝相が悪いからだ。

そのため、一緒に寝ることはあまりないのだが……。

「なんだか今日は目が冴《さ》えちゃって。せっかくだし、奏太《かなた》とイチャイチャしたいなって」

「イチャイチャって……どうすればいいんだ？」

「私を積極的に甘やかせばいいと思うよ！　さあ、プリーズ、ギブミー、甘やかし！」

笑顔でそんなことを言い出すアイちゃん。彼女の可愛さに思わずこっちも頬が緩む。

「しょうがないな。分かったよ」

俺は彼女の頭に手をやった。そして、ゆっくりと撫《な》で始める。

優しく愛情を込めた手つきで、頭のてっぺんから後頭部までを撫でていく。甘やかし方がこれで正しいのかは謎だが、思いついたことを試してみる。

「ん～……にゃ～……ごろごろごろごろ……」

なんか猫みたいになっていた。

「あ～……なんか安心するよー……。ダーリンの手、気持ちいい……」

アイちゃんが心から安らいだ表情を見せる。

一方で俺も、彼女の髪のさらさらとした感触と、俺への明らかな愛情を感じさせるこの反応に、嬉しさを抱いて癒《い》やされた。

「ねぇ、ダーリン……もっとして……？　撫でるだけじゃなく、別のことも……」

「別のことって……？　なにすれば……」

「ん～……例えば、こういうこと……」

そう言いながら、彼女が俺の首の後ろへ手を回す。さらに、そのまま抱き寄せられた。

「っ！」

「ほら……ダーリンもギューッってしようよー？」

自分から甘えて、その上イチャイチャを俺に要求するアイちゃん。そんなに好意を示されて、嬉しく思わないわけがない。俺も彼女に求められるまま、その体を抱きしめた。

「ありがとう、奏太……すごく落ち着く……。やっぱりあなたのこと、大好き……」

「あ、ああ……。俺も大好きだ……」

照れながらも、彼女に気持ちを伝える。そうしてしばらく、俺は頭を撫で続けた。

すると、アイちゃんが俺をさらに強く抱きしめてきた。それにより、今まで以上に互いの体が密着する。さらには彼女の柔らかい胸が、腕にむにゅにゅんと押し当てられた。

「あ、アイちゃん……⁉　その……もう少し、離れたほうが……！」

「え……なんで……？」

「だって、その……ほら……当たってるから……」

「あ……。奏太、そういうこと言っちゃうのー？」

俺の視線で言いたいことを理解した彼女が、拗《す》ねるような顔をした。

「野暮なことは言わないで？　私だって、恥ずかしいけど頑張ってサービスしてるのに」

「サービスって、お前……！」

つまりそれ、わざと胸を当ててるってことじゃ……！

「だって……私もダーリンに、何かしてあげたいんだもん！　いつもいつも、お世話してもらってばっかりだから……」

そう言いながら、さらに胸を強く押し付ける彼女。その一方で、暗がりでもアイちゃんが顔を真っ赤にするほど恥ずかしがっているのが伝わる。

「別に俺は……お世話なんて何も……」

「してくれてるよ。奏太はいつも私のことを考えてくれてる。だから、これはそのお礼」

アイちゃんが胸を離したり、くっつけたりを繰り返す。むにゅんむにゅんと、彼女の胸が柔らかく潰れる感触が、幸せという感情を俺の心に呼び起こす。

「人気声優、相崎優香《あいざきゆか》がこんなことするのは、一生奏太にだけだからね……？　私は、ダーリンだけの『アイちゃん』だから……」

「……っ！」

や、ヤバい……！　そんな言い方をされたら、俺もその気になってしまう……！

もう理性を保てる気がしない……こうなったら、このまま流れでアイちゃんを……！

「はいっ。ってわけで、そろそろおしまーい！」

「だって、奏太の視線がエッチなんだもん！　そろそろ襲われちゃいそうだなーって」

「ええっ!?　もう!?」

し、しまった……。つい、我を忘れかけていた……。

くそぉ……不覚だ……！　もう少しだけ、あの感触を味わいたかった……。

「そんな残念そうな顔しないでー？　その代わりに、私もナデナデしてあげるから」

今度はアイちゃんが俺の頭を撫でてきた。美しい指が、繊細な手つきで髪に触れる。

「どやぁ？　こういうの、意外と気持ちいいでしょー？」

「あ、ああ……。確かに……」

彼女の手つきはまるで俺を気遣い慈《いつく》しむみたいで、次第に心が安らいでいく。

「でも、奏太……本当にいつもありがとね？　私のこと、ずっと助けてくれて」

「いや、だから俺は助けてなんていないと思うぞ……？」

むしろ、俺の方こそアイちゃんの声に――推しの声優の可愛い声に、毎日癒やしをもらってるんだ。その点、感謝するのは俺の方だろう。

「ううん……。私は本当に奏太に助けられてきたよ。第一、私が今もこうやって声優としてやれているのは、あなたが私のことを拾って、育ててくれたおかげだもん。如月《きさらぎ》さんにクビにされかけた時、奏太が庇《かば》ってくれなかったら私はそこで終わってたし」

確かに、俺はあの時アイちゃんの芽が摘まれるのを防いだ。でも、その先のチャンスを勝ち取ったのは、全部アイちゃん自身の力だ。そう思い、彼女に言ってみるが……。

「あははっ。私だけじゃ、チャンスなんて絶対摑《つか》めなかったよ」

そう、軽く笑い飛ばされてしまった。

「奏太がいなかったら、あの時のオーディションは絶対受からなかったもん……。『桃色LIPS』の梨花《りか》役も……それに、他のオーディションも……」

「アイちゃん……」

「今の私がいるのは、奏太のおかげだよ？　特に、あのクビになる直前に受けたオーディションの時……奏太があんなことをした私をとめてくれたから、私は声優でいられるの」

アイちゃんの俺を撫でる手が止まる。そして代わりに、彼女がもう一度俺に抱き着く。

「だから、すごく感謝してるよ。ありがとう、奏太。それと、これからもよろしくね？」

「ああ……もちろんだ。俺の方こそ、よろしくな……」

そう言って、俺も彼女を優しく抱きしめた。

第五章　最後のチャンス

「はぁ……。どうすれば何とかなるかなぁ……」

事務所のデスクで『美琴《みこと》』のオーディション原稿を読み、俺は深いため息をついた。

あの聖地巡礼をして以来、アイちゃんは必死に練習をしていた。美琴のキャラ性を考えながら、うまくいかないセリフを様々なパターンで何度も演じる。もちろん俺もそれに付き合い、素人《しろうと》なりに色々アドバイスをしてきたが……。

結局、アイちゃんは今になっても、いい演技ができていなかった。

どうすれば莉子《りこ》さんに追いつけるのか。その一点を考えて、ひたすら悩み続けている。

オーディションまで、残りは三日。しかし、今の迷いがあるアイちゃんの演技じゃ、おそらく受かるのは厳しいだろう。

そうなれば、アイちゃんは声優を辞めることになり、俺もこの会社をクビになる。彼女がメインヒロインを演じる楽しい未来は訪れず、それどころか俺は収入を失い、学費を払うこともできなくなる……。食費だって払えなくなるし、本気で生きていけなくなるだろう。そんな将来は、絶対に嫌だ。

そうならないためにもアイちゃんに助言をしたいんだが、俺は一体何を言えば……。

「お疲れ様です。奏太《かなた》さん」

「ふぁっ!?」

突然の声に、驚いて振り向く。すると背後に、見覚えのある巨乳が立っていた。

「ま、麻耶《まや》さん……。お疲れ様です……」

「調子はどうですか？　あまり良くないようですが」

「あ……やっぱり、分かっちゃいますか……？」

「はい。顔色を見ればすぐ。姿勢もどことなく落ち込んだ感じがありますし、昨日整理を頼んだ書類もこうして山積みになっています。どうなってるんですか？　殺しますよ？」

「す、すみません！　ちょっとぼーっとしてました！」

氷のような眼光を受けて、体が本能的に震える。俺は急いで仕事を始めた。

しかし……やっぱり集中はできない。アイちゃんのことが気になって……。

「はぁ……。やはり、アイちゃんのことですか？」

隣にある自身の席に腰かけながら、麻耶さんが俺の顔を覗《のぞ》き込む。

「あまりいい状況ではないようですね。最近、彼女のために頑張っているようですが」

「いや、頑張っているのはアイちゃんですよ。不調なのは、残念ながら事実ですが……」

俺は麻耶さんに、今の状況を全て話した。アイちゃんが莉子さんに追いつこうとしつつも、うまくいっていないことを。そして俺も、どう助言をすべきか分からないことを。

「アイちゃん……前の美琴役の声優に追いつこうと必死なんですけど、中々手ごたえが摑めないみたいで……。その迷いのせいか、演技にもどこか違和感があって……」

「なるほど……それが気がかりで全く仕事に身が入らないと」

「あの……ほんとごめんなさい……」

刺すような視線に耐え切れず、彼女から目を逸《そ》らす俺。

すると、麻耶さんがため息を吐《つ》いた。

「はぁ……仕方ないですね……。では、少しだけあなたに助言を与えましょうか」

「え……？」

「一応、あなたの先輩ですからね……。仕事で迷っている後輩を手助けするのも仕事です。当たり前のことしか言えませんけど」

そう言い、体をこちらに向ける麻耶さん。俺も視線を彼女に戻す。

「私が言いたいことは、一つです。ハッキリ言って、オーディションで悩んでもそんなに意味はありませんよ？」

「なぜならいくら悩んでも、結局彼女に自分らしい演技をしてもらうしかないからです」

「え……？」

　自分らしい、演技……？

「人間はどんなに頑張っても、自分の実力以上の力を出すことなんてできません。そして一番実力を出せるのは、自分らしい演技をしたときでしょう。それ以上のことをしようとして、色々考えたり無理をしたりしても、必ずどこかに綻《ほころ》びが出ます」

　それは、確かに分かる気がする。人間、少しずつ成長することはできても、いきなり実力以上のことはできないだろう。それも、オーディションという緊張の場で。

「もちろん、前の声優さんを意識するのも大切でしょう。でも一番のファンであるあなたが演技に違和感を抱くのであれば、彼女は無理をしているはずです。結果としてそれがアイちゃんの良さを失わせていると思います」

「でも……本来の演技をするだけで、オーディションを通過できるんですか……？」

「……奏太さんは、アイちゃん本来の実力では、オーディションには勝てないと？」

「い、いえ……！　決してそんなことは……！」

「でも、もし彼女に実力があるなら、その実力を活《い》かしさえすれば良いはずですよね？」

「…………！」

　確かに、麻耶さんの言う通りかも……。俺も以前のオーディションの時は、『アイちゃんならいける！』という自信を持っていたはずだ……！

「自分の実力で無理なものは、どうあがいても無理なんです。逆にもし実力があるならば、それをしっかり出しさえすれば、小細工など必要ありません。下手に考えすぎる方が、目標達成を遠ざけてしまうと思いますよ？」

「ま、麻耶さん……！」

「結局、無理に他人を越そうとしなくていいんです。彼女は、そのままの彼女で良《い》いと思います。アイちゃんなりの実力を、百パーセント発揮していただきたいですね」

　彼女の言葉は、なんだか不思議と腑《ふ》に落ちた。

　そうか……。大切なのは、アイちゃんの実力を出しきってもらうことなんだ。色々と考え、演技に迷いが出ている今の状況じゃ、受かるものも受からなくなる。

　どんな風に彼女が演じるべきかは、彼女自身をもう一度見つめ直せば分かるはず……！

「麻耶さん……ありがとうございます！　おかげで、方針が固まりました！」

「良かったですね。では、書類の整理をお願いします。山積みになっていますから」

「はいっ！　死ぬほど頑張ります！」

　麻耶さんへの感謝を込めて、溜《た》まった書類を片付け始める。

早く仕事を終わらせて、帰ろう。そしてアイちゃんにアドバイスがしたい！

※

事務所での作業を終わらせて、俺は小走りで帰宅した。

麻耶さんにもらったアドバイスを、早くアイちゃんに伝えたい。その一心で玄関を開き、いつも彼女がいるリビングへ向かう。すると、誰かの声が聞こえた。

『ねぇ、カッちゃん～。いい加減起きてよ～？　今日テストなのに、遅れちゃうよ～？』

それは、最近聞きなれた美琴のセリフ。彼女が主人公を起こすシーンのセリフ。

だが、読んでいるのはアイちゃんじゃなかった。セリフは、テレビから聞こえてくる。

さらに――

『私、誰よりもカッちゃんの良さを知ってるよ～？　だからあまり落ち込まないで～？』

「私、誰よりもカッちゃんの良さを知ってるよ～？　だからあまり落ち込まないで～？」

テレビから流れるセリフに合わせて、アイちゃんがセリフを口にしていた。その読み方は、息継ぎの部分やその抑揚に至るまで、完璧な模倣となっている。

こうして、他にもいくつかのセリフを同じように読んでいくアイちゃん。

そして一つのシーンが終わった後、ようやくアニメを停止した。

「ふぅ……こんなところかな……って、あれ？　奏太？　帰ってたんだー！」

アイちゃんが不意に振り向いて、部屋の前に立つ俺に気が付く。その顔は最近の不安に駆られたものとは違い、なんだか晴れやかな感じがした。

「な、なあ……アイちゃん……？　今、何をやってたんだ？　それに、今の映像は……」

「あ、うん。今のは昔の『君と見た空』だよ」

アイちゃんが言い、レンタルショップの袋を掲げて見せてきた。確かにさっきの映像は、旧アニメの『君と見た空』だ。でも、それを観ながら彼女は何をやっていたんだ……？

「実は、美琴の演技がどうしてもうまくいかないから、これを参考にしようと思って」

「参考って……今、セリフをマネしていたのがか？」

「うん。昔、録画して何度も観てた番組だから、しっかり覚えてると思ったんだけど、実際こうして見返してみると、色々発見があったんだー！　今までどうしてもセリフがうまく読めなかったのって、うろ覚えで莉子さんに寄せてたからみたい」

「…………！」

――うろ覚えで、莉子さんに寄せていた……？

なるほど……違和感の正体はこれだったのか……！

今ので全て理解した。俺がアイちゃんの演じる美琴に感じた、謎の違和感の正体を。

アイちゃんはきっと、今まで美琴のセリフを上手《うま》く演じられなかったんじゃない。記憶にあった莉子さんの演技に意図的に寄せようとしていたが、うまくいかずに苦しんでいたのだ。

結果いつもの彼女とはまるっきり別の演技となり、変だと感じてしまったのだ。

しかし実際の莉子さんの演技を改めて確認した結果、彼女は自信を取り戻していた。

「でも、もう大丈夫だと思う！　先代の莉子さんの演技はしっかり頭に残したから！　これで演技には迷わないよ！　私は必ず、美琴役をこの手で勝ち取ってみせるから！」

「いや……それは、やめてくれ……」

「え……？」

「そんな演技は止《や》めてくれっ！」

慌てて叫んだ俺の声に、アイちゃんが驚き後ずさる。

「な、なに……？　いきなり叫んで、どうしたの……？」

「だから、やめて欲しいんだ。前に演じた声優さんを参考にしながら演技するのは……」

「えぇっ⁉　何で⁉　どうしてなの⁉」

今度は、アイちゃんが俺に叫んだ。

「前に同じキャラを演じた声優さんがいるんだから、参考にするのは当然だよね⁉　ある程度時間が経《た》ってるとはいえ、『キミゾラ』の美琴は人気なんだよ？　アニメを観る人も、こんな感じの美琴を望んでるはずじゃない⁉」

「確かに……前の人を意識するのも大事かもしれない……。アニメで声優さんが変わってキャラの喋《しゃべ》り方が大きく変わると、たくさんの人が文句を言ったりすることもあるしな……。そうでなくても、他の人の演技で勉強することもあると思う……」

「そうだよね……！　だから私もさっきまで――」

「でも！　ただマネするだけの演技なら、アイちゃんが演じる意味がないじゃないか！」

「……っ！」

アイちゃんが、言葉を途中で止めた。

「莉子さんの演技に縛られて、普段の自分とは全く違う声の出し方をするなんて、それは絶対に間違ってる！　現にさっきのアイちゃんの演技は、全く良いと思わなかった！」

俺の言葉に、アイちゃんの表情が哀《かな》し気に強張《こわば》る。アイちゃんの一番のファンを自称する俺が、彼女のことを全否定する。その事実に驚いたのかもしれない。

「だって、さっきの演技はアイちゃんの演技じゃなかったから……。あれは、莉子さんの演技の仕方だ。アイちゃんがそれをマネしても、莉子さんの劣化版でしかなくなる」

「そんな……」

「莉子さんの演技は、確かに上手い。次のアニメでも、ファンたちはああいう演技を望むかもしれない……。でも、だからってそれをマネするだけなら、誰がやっても同じじゃないか？　そんなの、わざわざオーディションをする意味すらないだろ？」

「で、でも……それなら、私は一体どうしたらいいの⁉　莉子さんのマネがいけないなら、私はどんな演技をしたら……」

「決まってるだろ！　アイちゃんにしかできない演技をするんだよ！」

それは、俺の心からの望みだ。アイちゃんの持つ個性を活かして、莉子さんというかつてのトップ声優とは違う、彼女ならではの美琴を演じて欲しい。

「わ、私にしかできない演技……？　でも、それをやってもオーディションには——」

「受かるに決まってるだろう！　だって、アイちゃんの演技は魅力的だから！」

もしアイちゃんの演技に魅力が無ければ、俺というファンは生まれなかった！　でも俺は、『マジ☆マリ』で本来のアイちゃんの演技を見て、それで大ファンになったんだ。この俺の存在こそが、アイちゃんの演技に魅力があるって証明なんだ！

「だから、自分を信じてくれ。それで、自分の演技で勝負してほしい。——いや、やらなきゃいけないんだ。監督たちが求めてるのは、それができるキャストのはずなんだから」

俺はアイちゃんの肩を掴《つか》む。そして、その瞳に訴えかけた。

「どうせやるなら、自分の個性で前のキャストを越えるんだ！」

「…………！」

俺の目をまっすぐ見つめ返すアイちゃん。ハッと我に返ったような、何かに気づいたような表情。その目には、さっきまでは見られなかった力強さが感じられた。

そして、彼女が口を開く。

「……分かったわ。私、やってみる。自分の演技で、勝負する……！」

「アイちゃん……！　よく言った！」

「そうと決まれば、早速演技を練り直すよ！　奏太も手伝ってくれるよね？」

「ああ、もちろんだ！　まだオーディションまで三日ある！　アイちゃんにしかできない美琴を、二人で一緒に考えよう！」

アイちゃんが頷《うなず》き、オーディション用の原稿を広げる。

そして俺たちはもう一度、演技プランを考え始めた。

※

——オーディション、前日の夕方。私は事務所の前にやって来た。

二日前、奏太に説得されてから、私は必死に演技プランの見直しを始めた。

改めて美琴のキャラを見直して、奏太の意見を参考にしながら自分自身の長所を探る。そして私が引き出せる美琴の魅力はどんなものなのか、試行錯誤を重ねていた。

そして今は、どうしても演技プランについて相談したいことができたから、奏太を訪ねて来たんだけど……。

「突然行っても、大丈夫なのかな……？」

奏太が普段どんな仕事をしてるのか、正直私には分からない。普通の事務員のはずだから行けば会えるはずだけど……追い返されたりしないよね……？

「いや、さすがにそれはないかな……多分……」

一応私も、仕事中の奏太の邪魔をしたいとは思わない。今日だって、本来だったら奏太の帰宅を待ちながら、他のシーンの練習をしている。

でも、オーディションはもう明日《あした》なんだ。疑問点は一刻も早く解消したい。

そもそも明日がオーディション本番って時に、まだ演技プランを練ってる時点でおかしいけど……。でも、これも私の力を出し切るためだもん。最後まで全力で考えたい。

「とりあえず、中に入ろっか……」

事務所のガラス戸を押し開けて、そのままエレベーターへと乗り込む。奏太のいるフロアに立ち入って、こっそり様子を窺ってみる。

すると――見つけた。他の事務員さんたちに交ざり、奥で仕事をしている奏太を。

「はい、はい……それは……もし、よろしければでいいですが……はい……」

彼は何やら、電話の相手にお願いをしているようだった。ペコペコと頭を下げながら通話し、それが終わったら別の相手に電話をかける。そして、同じように頭を下げ始める。

「奏太……思った以上に忙しそうかも……」

さすがに話しかけ辛《づら》いなぁ……。でも、こっちも早く解決しないと……。

仕方ない……邪魔にならない程度に近づいて、チャンスがあり次第話しかけよう。それでパパッと終わらせるんだ。

そう決めて、奏太の側《そば》に歩み寄っていく。すると、次第に彼の話し声が聞こえてきた。

「はい……はい……その時はぜひウチの……を、お使いください。はい、はい……お待ちしておりますので……」

相手に見えないのに、何度も頭を下げる奏太。そして電話を切ったかと思うと、またもや誰かに電話をかける。

一体、何の話をしてるんだろう……？　なんか段々気になってきたよ。いけないかなと思いつつも、好奇心から聞き耳を立てる。

　そんな時、後ろから声をかけられた。

「おはようございます、アイちゃん。奏太さんに何か御用ですか？」

「んぴゃぁっ⁉」

　喉から変な声が漏れ出す。

　振り返ると、女性の事務員が立っていた。確か……麻耶さんって言ったっけ？

「すみません。驚かせてしまいましたでしょうか？」

「い、いえ！　こちらこそすみません！　勝手に、ここまで入ってきて……」

「構いませんよ。奏太さんに御用なのでしょう？　今は電話中ですので、少しだけお待ちいただけますか？」

「は、はい！　もちろんです！」

　見ると、奏太は電話をかけ続けていた。相変わらず頭を下げながら、『よろしくお願いします』とか『使っていただけませんか？』とか、何かのお願いを繰り返している。

　一体何の話だろうと、いよいよ気になり始めていると……。

「しかし……よかったですね、アイちゃん。あなたは運がいいと思いますよ？」

「えっ……？」

「こんなに懸命に、あなたのために働いてくれるマネージャーと巡り合えたんですから」

奏太の方を眺めながら、私に言葉をかける麻耶さん。

「あ、あの……どういうことですか……？」

「おや、分かりませんか？　奏太さんのことです。今だって、各所に電話をかけ続けているのも、全部あなたのためなんですよ？」

「えっ……？」

「アイちゃんの仕事を増やすために、ああして売り込みをしているんです。うちと関係がある監督たちに」

そんな……本当にそんなことまで？　私、今クビになりかけてるのに？　明日のオーディションに落ちたら、声優を辞めることになるのに、どうして今から売り込みを……？

「きっと信じてるんでしょうね。オーディションには絶対に受かると」

私の気持ちを察したのか、麻耶さんが疑問に答えてくれる。

か、奏太……！　そこまで本気で、私の力を認めてくれているなんて……！

「しかしオーディションに受かっても、他に仕事がなければ行き詰まる。もっとアイちゃんには活躍をしてもらいたい。そう思って、今後のために売り込みをしているんですよ」

「そう、だったんですか……」

「ちなみに、明日あなたが受けるオーディションも、奏太さんの売り込みの結果、ようやく実現したものです。その話は、聞いていませんか？」

「ええっ⁉　そんなの、一言も聞いてないです……」

奏太……私がクビにならないために、見えないところでそんなに努力を……！

「彼はもうただのファンではなく、立派なマネージャーさんですね。いくら自分のクビもかかってるとはいえ、あんなに熱意のある人は、なかなかいないと思いますよ？」

「は、はい……！　確かに、そうですね……！」

本当に……私のことをこんなに大事にしてくれる人、奏太以外に想像がつかない……！

なんだろう……。本当に嬉《うれ》しい……。嬉しすぎて、今すぐ奏太に抱き着きたくなる……！

「アイちゃん……明日は頑張ってくださいね？　彼の思いを、無駄にしないためにも」

「はい……！　全力で頑張ります！」

いまだかつて、これほどやる気が湧いたことはない。それほどの熱意で私は答える。

その時、ちょうど奏太に呼ばれた。

「あれ？　アイちゃん、来てたのか？　何か困ったことでもあったか？」

「あ、うん！　ちょっと相談したいシーンがあって――」

彼と話しながら、改めて私は決意した。

必ず無事にオーディションに受かり、奏太に恩返しをすると。

※

——そして、いよいよオーディション当日。俺とアイちゃんは会場へやって来た。

余裕をもって三十分前には控え室入りをしたのだが、すでに部屋の中には何人もの女性声優たちがおり、オーディション原稿を見直したり、小声でセリフの読み方を確認したりと、最後の準備に熱を入れていた。

「…………っ」

ライバルの姿を目《ま》の当たりにして、アイちゃんの顔が強張《こわば》った。この中の全員が美琴を受けるわけではないが、それでも多数のライバルがいる。身構えるのも無理はない。

俺は少しでもアイちゃんが安心できるよう、無言で彼女の肩に手を置いた。そして彼女を引き連れて、空いていた長椅子に腰かける。

そのまま、順番を待とうとしたが……。

「おい……アイちゃん……？　大丈夫か……？」

「ガクガク、ブルブル……ガクガク、ブルブル……」

俺の隣に座るアイちゃんは、あり得ないほど緊張していた。俺の言葉も耳に入っていない様子で、汗をダラダラと流しながら、体を小刻みに震わせている。

「お、おいアイちゃん……？　もしもーし……？」

「うひゃああっ⁉　えっ、なに……⁉　私、落選……⁉　落選したの……⁉」

「いや、まだ演じてもいないから……」

「あ、そうか……。ふぅ……。ふぅぅ……」

長く息を吐きつつ、再び振動を開始する。怖いよ。痙攣《けいれん》してんのか。

その上彼女は脅《おび》えた顔で、周囲をキョロキョロと見渡していた。

「……はぁ。なるほどな……」

どうやら、近くで原稿を読んでいる他の参加者たちが気になるようだ。

本来ならここはマネージャーとして、『他の人は気にするな。自分のことに集中しろ』と、ハッキリ注意すべきところだろう。

だが、今回ばかりは仕方ないように思えた。なぜなら——

『ねぇ、カッちゃん～。いい加減起きてよ～？　今日テストなのに、遅れちゃうよ～？』

『私、誰よりもカッちゃんの良さを知ってるよ～？　だからあまり落ち込まないで～？』

『キャアッ！　カッちゃん、見ないで～！　今日のパンツ、可愛《かわい》くないからぁ～！』

美琴の練習をする参加者が全員、先代の莉子さんを真似《まね》していたからだ。アイちゃんが借りたBDを観たところ、先代の美琴は、甘くて舌ったらずなような、特徴的な口調をしていた。ずっと聞いていたくなる、耳が幸せな可愛い響き。それを皆《みんな》はマネしている。

「…………」

そんな皆の演じる美琴を聞いて、前のオーディションの時よりもしゅんとした顔になるアイちゃん。演技の方向性が周りと異なっていることに、不安を感じているのだろう。

「私……本当に大丈夫なのかな……？」

原稿を持つ手を震わせて、誰にともなく呟《つぶや》いた。その声は、今にも泣きそうだ。

「アイちゃん」

俺はそんな彼女の名前を呼びつつ、俯《うつむ》いた顔を覗《のぞ》き込む。

「大丈夫だ。アイちゃんは正しい努力をした。そこは自信を持っていい」

「か、奏太……」

「それに……。アイちゃんが一番、この中で実力があると思うぞ」

その言葉に、彼女が俺の顔を見る。

「美琴役の演技に限って言うが……ここにいる全員、莉子さんよりも演技が下手だ。これじゃ、オーディションは受からない」

俺は周囲に聞こえないよう、声を潜めてそう言った。

俺の聞いた限り、先代の莉子さんを踏襲している他の参加者たちの演技は、全て彼女の劣化版でしかない。役もセリフも同じ分、それが顕著に現れている。

「でも、アイちゃんだけは違う。アイちゃんの演技は先代の劣化なんかじゃない、自分だけの味があるんだよ。アイちゃんにしか演じられない、美琴の良さがあるんだよ！」

アイちゃんオリジナルの演じ方は、単純に莉子さんと比べられるようなものではない。どちらもそれぞれ、違った強みが演技にある。

「アイちゃんはこの中では唯一、先代とも並べるほどの――いや、越える可能性すらある演者だ！　だから、自信を持ってくれ！」

「……うん。奏太、ありがとう！」

アイちゃんが力強く頷《うなず》いて、泣きそうだった表情をいつもの可愛らしい笑顔に変える。

「私……頑張るね！　百パーセントの力を出して、絶対に役を勝ち取ってみせるよ！」

「ああ、その調子だ！　行ってこい！」

そう言って、彼女の肩を叩《たた》いた時。ちょうどオーディションの開始時刻になった。

「では、一人目の方。山本《やまもと》美咲《みさき》さん、お願いします」

「はい！」

一番手の参加者が名前を呼ばれ、指名された子がアフレコブースへ向かっていく。そして彼女の演技が終わったころ、また次の人の名前が呼ばれる。

こうして一人ずつ順番に演技を審査されていき、ほどなくしてアイちゃんの番がきた。

「相崎優香《あいざきゆか》さん。お願いします」

「あっ……はい！」

いよいよだ……。いよいよ、勝負の時がやってきた。

——大丈夫だ。気負わず、全力を尽くせ！

そんな意味を込めた視線を送ると、アイちゃんは再び頷いた。

そしてオーディション原稿を片手に、一人でアフレコブースへ向かった。

※

——よかった……。奏太のおかげで、何とか力が出せそうだよ……！

ブースまでの廊下を歩きつつ、私は胸を撫《な》で下ろした。

奏太の励ましが無かったら、私はまた自分の演技に迷っていた。そんな状態じゃ、練習の成果を半分も出せなかったと思う。それこそ、せっかくの努力が無駄になっていた。

でも、今の私は違う。私の今までの頑張りと、それを認めてくれた奏太を信じる。オーディションに合格するために！

「失礼します！」

まずは調整室の扉を開き、中にいた音響や監督、プロデューサーなどのスタッフたちに顔見せをする。

この人たちに、私の実力を認めさせるんだ……！

そう決意を固めながら、自己紹介と挨拶を済ませる。音響監督さんらしき人の「頑張ってね」という言葉にお辞儀し、調整室を後にした。

そしていよいよ、アフレコブースに入っていく。

——でもその瞬間、ほんの少しだけ怯《ひる》んでしまった。

「……っ」

ブースの中にある物は、壁にかけられたモニターや隅に並んだ座椅子と長椅子。あとは中央にポツンと置かれた、いつものスタンドマイクが一本。

そして、いるのは私一人だけ。

——やっぱり、すごく孤独な感じだ……。

当たり前のことだけど、オーディションは映像も無ければ、一緒に演じる仲間もいない。

このスタジオに入るのは初めてじゃないけど、たった一人で部屋に立つと驚くくらいに広く感じる。その広さが、異常なほど心細くて、怖い……。

この孤独感がオーディションの度に、ネガティブな思考を運んでくるんだ……。大勢受けるオーディションで、私が受かる確率の低さ……。落ちた瞬間無駄になる、これまでの努力や買い集めた資料……。仕事をもらえず、収入を得られないことへの焦《あせ》り……。

せっかく気持ちが上向いていたのに、また緊張で膝が震える。マイクへ向かう足取りも、なんだか重くなってくる。

これだけのことで、また不安になるなんて……。自分の心の弱さが、憎いよ……！

なんてことを、考えていると……。

「あっ……！」

何か視線を感じた気がして、私はハッと振り向いた。

すると……ガラスの向こうの調整室に、奏太が立っているのが見えた。

奏太も、マネージャーとして演技を見に来てくれたんだ……！

『アイちゃんはこの中では唯一、先代とも並べるほどの――いや、越える可能性すらある演者だ！　だから、自信を持ってくれ！』

微笑《ほほえ》んでくれている彼を見て、励ましの言葉を思い出す。すると、不思議なくらいあっさりと膝の震えがなくなった。

本当に……奏太はいつも私のことを助けてくれるね……！

この数日間、奏太はずっと私のために頑張ってくれた。演技の仕方で悩んだ時も、美琴のキャラ性を考えるときも、実際に稽古をする時も、親身になってアドバイスをくれた。

こんなにいいマネージャーさんは、きっと世界のどこを探しても奏太以外にいないと思う。彼に出会えて、私はすごく幸せだ。

だからこそ、私は恩返しをしないといけない。いい演技をして、オーディションに勝って、奏太を喜ばせないといけない。私が役を取ることで、彼のマネージャーとしての実力が優れているのを示さないといけない。

そう思うと、もう一度力が湧いてきた……！

「優香さん、準備ＯＫですか？」

「はい！　お願い致します！」

調整室の音響監督へ頭を下げる。

「では、ＣＵＥランプを出しますので、所属とお名前、役名を言って始めてください」

「はいっ！」

そしてマイクに向き直り、ランプが赤く点灯するのを確認した。

ここからが、私の戦いだ!

※

「『ライトロード』所属の相崎優香です。東雲美琴役をやらせていただきます!」

ブース内のアイちゃんが宣言し、いよいよオーディションが始まった。俺はその様子を、調整室から静かに眺める。

東雲美琴——『キミゾラ』における超重要なメインヒロイン。素直で明るい性格の、やや天然気味な幼馴染《おさななじみ》だ。時たま見せるズレた言動が魅力的な女の子である。

その特徴に注目して、先代は語尾を伸ばす感じの、甘く可愛らしい声でこのキャラクターを演じていた。他のオーディション参加者が莉子さんの演技をマネするのも、それがはまっていたからだろう。

でも、アイちゃんのやり方は……少し違う。

『ねぇ、カッちゃん。いい加減起きてよ? 今日テストなのに、遅れちゃうよ?』

莉子さんたちの演技と比べて、アイちゃんはやや落ち着いた雰囲気の澄んだ声で勝負を仕掛けた。それは美琴が可愛いだけのキャラではなく、芯の強さを隠し持っている人物だからだ。その人間性を表現するため、アイちゃんは演技を工夫した。

「ほぉ……。なるほど……」

音響監督の呟きが聞こえる。アイちゃんの演技を値踏みするような、しかし、感心している様子の声。彼以外のスタッフたちも、アイちゃんの演技をじっと見ている。

感触は、決して悪くない……！

『私、誰よりもカッちゃんの良さを知ってるよ？　だからそんなに落ち込まないで？』

あくまで俺とアイちゃんの意見だが、この演じ方をする方が、ただ可愛さを前面に出すより、美琴の本質に合っている気がした。だからこそ、彼女の良さを最大限に引き出せる、この演じ方を勧めたんだ。それが二人で考えた、アイちゃんならではの東雲美琴だ。

さらに、秘策はそれだけじゃない。

『キャアンッ！　カッちゃん、見ないでぇ……！　今日のパンツ、可愛くないからぁ……はぁはぁ……！』

『…………!?』

艶のある、煽情的《せんじょうてき》なアイちゃんのセリフと声色に、監督たちが息をのむ。

これは、美琴の着替え中に勝也《かつや》が更衣室に来て、下着を見られてしまうシーンだ。

アイちゃんはエロいキャラやシーンを演じる時に、役に入りすぎて暴走をすることがあった。その際はたがが外れたように、煽情的で淫《みだ》らな一方、魅力的な演技を見せていた。そして今の彼女はここ数日の練習の結果、美琴というキャラにおいてだけは、その暴走をコントロールできるようになったのだ。このようなサービスシーンでは、そのエロい演技をアイちゃんならではの武器として、存分に披露できるようになった。

よし、よし……！　いいぞ……！　うまくできてる！　莉子さんにだって負けてない！

『カッちゃん、ありがとう。私の好きな人があなたで、よかった……っ！』

次に、漫画家になる夢を諦めかけてしまった美琴が、勝也に励まされるシーン。

ここは落ち着いた読み方をしつつも、内面から溢《あふ》れる気持ちを抑えきれていない様子を出す。思わず漏れ出てしまう感情。制御できない感情のせいで、涙を流す直前の美琴だ。

そして、いよいよ次が最後のセリフ……！　美琴が思い出の公園で勝也に、夢のために東京に出る決意を語るシーンのセリフだ。

アイちゃんは一体、どう演じるのか。調整室内の全員が、彼女の演技に注目する。

『………』

一瞬、アイちゃんが息を吸う。そして、わずかな溜《た》めの後――

『私は、もう逃げたりしない！』

アイちゃんの声が、辺りに響く。

『どんなに辛《つら》いことがあっても、どんな高い壁にぶつかっても、私は絶対に諦めない！』

アイちゃんの――美琴の心からの想《おも》いが……

『自分の夢は、自分で叶《かな》える！　そのために私は、この町を出る……！　誰に反対されたとしても！』

強い決意が、言葉となって、

『でも、勝也には……勝也にだけは……ずっと応援していて欲しいの……。たとえ離れたところにいても、私のことを考えて欲しい……』

俺たちの耳を、魂を揺さぶる……！

『だって私は……一ノ瀬《いちのせ》勝也が好きだからっ！』

「…………っ！」

体が震えて、鳥肌が立つ。彼女の演技に、心の揺れる音がした。

今の言葉は間違いなく、美琴本人のものだった。このアフレコブースには、東雲美琴が存在していた。彼女本人が、そこにいた……！

絶対に夢を叶えたいと願う東雲美琴の決意の強さと、恋い慕う勝也との別離の悲しさ、そして彼への愛情が心にグワッと迫ってきて、そのリアリティと力強さに思わず涙が出そうになる。まるで俺自身が、勝也として美琴から思いを告げられたかのように。

「す、すごい……！」

思わず、語彙の貧弱な呟《つぶや》きが漏れる。

正直言って、アイちゃんの演者としての実力はまだまだ発展途上だろう。それなのに、これほど素晴らしい演技をするなんて……！　とんでもないサプライズだぞ、これは！

「はぁぁ……」

凄《すさ》まじい演技を見た喜びに、熱いものが胸から湧いて来る。感嘆の息が自然と漏れる。

人の演技を見てこんな気持ちになったのは、生まれて初めてかもしれない。

声優は、人を感動させられる職業なんだ。アイちゃんのおかげで実感できた……！

同時に、そんな演技を果たしたアイちゃんが、何だか不思議と輝いて見えて——

「君、あの子のマネージャーなんだよね？」

不意に、近くに座っていた初老の監督が声をかけてきた。突然のことに驚きながらも、

「はい、そうです！」と返事をする。

「彼女、結構いい感じだね。伸びると思うよ。頑張って」

「……っ！　あ、ありがとうございます！」

誉《ほ》め言葉……！　これはデカい手ごたえだ！　自分が褒められたかのような――いや、それ以上の喜びを感じる。やっぱりアイちゃんは、特別な声優になれる存在だ！

「――はい、どうも。音声いただきました」

「はい！　ありがとうございます！」

音響監督にオーディション終了を告げられたアイちゃんが、こちらに深く礼をした。

本当に、よく頑張ったな……アイちゃん……！　心の中で、俺は労《ねぎら》いの言葉をかける。

その直後、彼女の顔が俺に向いた。そして……

「……（ニコッ！）」

「っ……！」

演技に自信が持てたのか、嬉《うれ》しそうに微笑むアイちゃん。

この時向けられた満面の笑みの可愛《かわい》さを、多分俺は一生忘れない。

なぜなら、これが初めてだったからだ。声優として以外の理由でも、彼女に特別な魅力を感じたのは。

※

オーディションの結果が出たのは、それから一週間後のことだった。

「アイちゃん…………オーディション、合格だ」

「え…………？」

俺の報告を聞いた瞬間。アイちゃんが口を開き、固まる。

「そ、それ……本当に…………？　嘘《うそ》じゃなく……？」

「ああ、嘘じゃない。合格だ」

「何かの、間違いとかでもなく……？　タチの悪い、冗談でもなく……？」

「間違いでも、冗談でもない」

「それじゃあ、夢とか幻でもなく……？」

「大丈夫。これは現実だ」

「…………」

アイちゃんの目が、次第に大きく開かれる。

緊張のせいか光を失っていた目には、次第に生者の輝きが戻り、表情も力を取り戻す。

そして――

「やった……キャアアアアアアア！　ヤッタァァ――――――――！！」

家が粉砕するほど叫んだ。

「うそ……うそ……!?　信じられないよ！　私が、本当に、受かるなんて……！　どうしよう！　私、どうしよう──！」

「よかったな、アイちゃん！　これで契約延長だ！　お互いクビになんてならないぞ！」

「うん、うん！　私、まだ声優でいられるよ──っ！」

バンザイしながらくるくる回り続けるアイちゃん。なんだその動き。面白いな、それ。

「でも、なんで私に決まったの？　本当に私なんかで良かったの……？」

「当たり前だろ？　監督たちも、アイちゃんの演技を随分気に入ってくれたみたいだ。『ほぼ全員が先代の莉子さんをマネた演技しかしなかった中で、とても個性が光っていました。収録でも期待しています』って、直接会ったときに言われたし」

「そうなんだ……！　やっぱり……自分の演技を見せて正解だったんだね……！」

安心のあまりか、脱力するアイちゃん。この一週間、ずっと結果待ちのプレッシャーに押しつぶされてきたんだもんな……。でも、いい結果で本当によかった。

「よし、アイちゃん！　こうしちゃいられない！　早速今から事務所に行こう！　如月《きさらぎ》さんにこのことを伝えて、舐《な》めたことを後悔させてやるんだ！」

「う、うん！　そうだよね！　泣くほど謝らせてやるもん！」

よし！　なんかテンション上がってきたぁ！　あの人がどんな顔をするか、今から楽しみでしょうがないぜ！

ワクワク気分で荷物を手に取り、二人で玄関へ向かおうとする。

「ねぇ、奏太……」

「ん？　どうした？」

ふと、アイちゃんが立ち止まった。どうしたのかと振り返る。

「本当に……本当にありがとう！」

「えっ……⁉」

急に、アイちゃんが俺の手を取る。

「奏太が支えてくれたから、オーディションで勝ち抜けた……これからも声優を続けていける……！　どう感謝しても、し足りないよ……。本当に、本当にありがとう！」

「い、いや……！　俺は、推しの声優を純粋に応援したかっただけで……」

「その気持ちと行動が、本当に私の助けになったの……だから、すごく嬉しくて……！」

柔らかい両手で、俺の手を包み込む彼女。力の強さから、喜びの大きさが伝わった。

――でも、アイちゃんだけでなく俺も嬉しい。俺の与えたアドバイスが彼女の助けになったなら、俺の励ましが彼女を元気づけたなら、ファンとしてこれ以上の幸せはない。

「ねぇ、奏太……。この機会に……私の決意、聞いてくれる……？」

すると、彼女が一度俺から離れて、真剣な顔で見つめてきた。

「決意……？」

「うん……。あなたに聞いてもらいたい」

アイちゃんが、深く息を吸う。そして、はっきりとした声で告げた。

「私は、もう逃げたりしない！　どんなに辛いことがあっても、どんな高い壁にぶつかっても、私は絶対に諦めない！」

それはあの時オーディションで口にしたセリフ。『君と見た空』の、美琴のセリフだ。

「自分の夢は、自分で叶える！　でも奏太にだけは、ずっと応援していて欲しいの……！　たとえ離れたところにいても、私のことを考えて欲しい……」

ただ、セリフは少し変わっていた。名前の部分が、俺の名前に……！

「だって私は……志堂《しどう》奏太が好きだからっ！」

「…………！」

心臓が、大きくドクンと鳴った。

まるで今のアイちゃんの言葉が、胸に突き刺さったかのように。

「――ってわけで、その……そういうわけだからねっ！」

しっかりと演じ切った後、顔を赤くし目を逸《そ》らすアイちゃん。

「あ、あと！　好きっていうのは、あくまでマネージャーとしてなんだよっ⁉　そこは、曲解しちゃダメだからね！」

「あ、あぁ……！　そうだよな……分かってる……」

嘘です。本当は期待しました。え、これ告白？　やばい挙式はどこにしよう？　とか考え始めておりました。

でも……今の彼女の言葉を聞いて、一つ分かったことがある。

きっとアイちゃんは、美琴のセリフに強く共感したんだろう。『どんなに辛いことがあっても、どんな高い壁にぶつかっても、私は絶対に諦めない！』『自分の夢は、自分で叶える！』あのセリフは、声優としてのアイちゃんの本心でもあるはずだ。だからこそ、より強く気持ちが乗ったんだ。オーディションの際、俺の感情を揺さぶるほど。

人間、自分の実力以上のことはどう頑張ってもできはしない。俺はそう思い込んでいた。

でも彼女は、やってのけた。どう考えても新人とは思えない程の実力を、オーディションで俺に示してくれた。こんな成長を見せつけられたら、さらに彼女を推したくなる！

「アイちゃん……ありがとう。これからの活躍、隣で見させてもらうからな」

「うん……！　期待してて！　ファンとして……なにより、マネージャーとしてね！」

幕間《まくあい》　ある未来の日常　五

二〇二五年、十一月。

収録を終えたアイちゃん、リンリン、ネネちゃんが、アフレコブースを後にする。

「皆さん、お疲れ様でしたー！」

「今日のリンリンの演技、超よかったよ！　最後の『あなたの罪は私が裁く‼』ってセリフ、メッチャ鳥肌立っちゃった！　あと、ネネさんのキャラも可愛かったー！」

「いや、そんなことないですよ！　アイちゃんのヒロインこそ完璧でしたし！　『好き』ってセリフ一つだけであそこまで感情が出せるのは、新しい発見になりました」

「そうそう。さすがは今一番勢いのある声優ね。私ももっと頑張らないと」

お互いの演技についての感想を言い合うアイちゃんたち。

半年前——俺がアイちゃんにプロポーズをした日に開催された『キミゾラ』の第二期記念イベントを通して、彼女たちの絆《きずな》はより強くなっているようだ。

俺は、そんな三人に声をかける。

「みんな、収録お疲れ様」

「あ、奏太《かなた》！　お疲れー！　現場まで来るの珍しいね？」

「ああ。たまたま時間が空いてたからな」

嬉《うれ》しそうに駆け寄るアイちゃんに答える。

最近はお互い忙しくなって、ずっと同じ現場にはいられなくなってしまったからな。

俺も他の声優の面倒を見ないといけないし、アイちゃんは『君と見た空』の美琴役でたちまち人気に火がついた結果、今や各所で業界一と言われるほどの人気声優となっている。

家では一緒にいられるが、仕事では別々のことが多くなった。

もちろん、可能な時はこうして様子を見に来るが——

「なんて言って、どうせお嫁さんが気になったから無理して駆け付けたんでしょう？」

「あ、絶対それです！　熱いですねー、奏太先輩☆　さすが新婚さんですね！」

「うぐっ……！」

確かにそれも少しはあるけど、いきなり露骨に弄《いじ》ってくるとは……。二人には俺たちの婚約や結婚を知られてから散々からかわれてきたが、未《いま》だに慣れずに照れてしまう。

「そ、そうなの……？　えへへ……。奏太、ありがとね……？」

そしてアイちゃんの笑顔がヤバい。ちょっと意味わからんくらい可愛《かわい》いですね。

「ふふっ。奏太君、顔ニヤけすぎよ。そんなにアイちゃんに会いたかったの～？」

「か、からかわないでくださいよ……。それに、会いたかったのも事実ですけど……今日は伝えることもあったんです」

「伝えること……？　お仕事の話？」

「ああ。実は、また一つ仕事が決まったんだ。ちなみに、リンリンとネネちゃんにも関係のあることなんだけど」

そう言い、二人に顔を向ける俺。

実はしばらく前から彼女たちも、俺やアイちゃんの事務所、『ライトロード』に移籍している。そして、俺がマネージャーをしているのだ。

「え……？　私たちにも、ですか……？」

「あら、なにかしら？　気になるわ」

キョトンとした顔で問うリンリンたち。

俺は、そんな三人に笑顔で告げた。

「おめでとう。つい先日のオーディション――三人まとめて受かったぞ！」

『ええっ⁉』

アイちゃんたちの目が喜びで見開かれる。

今月の頭頃、三人は『キミゾラ』の時のように、皆《みんな》で同じ作品のオーディションに参加していたのだ。そしてそれぞれ、別々の役で受かったのである。

昔『キミゾラ』のオーディションの際、リンリンとネネちゃんもサブヒロインを無事勝ち取ったが、ちょうどその時のような形だ。

「奏太！　本当？　みんな受かったの？」

「本当だ。三人とも、これからもっと忙しくなるぞ！　収録開始はまだ先だけどな」

「す、すごい……！　やったー！　嬉《うれ》しいー！」

感極まった様子で、アイちゃんが飛び上がりながら叫んだ。

「やりましたね、皆さん！　これでまた、一緒の仕事が増えますよ！」

「ちょうど『キミゾラ』二期の収録は終わって、少し寂しかったところだものね。皆で力を合わせましょう！」

また、リンリンとネネちゃんも声を弾ませた。そして三人は手を取り合い、さらには皆で抱き合った。そんな三人に対して俺は「良かったな」と声をかける。

すると――突然アイちゃんが涙を流した。

「えへへ……すっごく嬉しい　でも、本当に良かったよ……！　ぐすっ……！」

「あ、アイちゃん!?　いきなりどうしたんだよ……！」

「ううん……なんか、感慨深くって……！　私も、ここまで来たんだなって……！」

目元を拭いつつ、アイちゃんが涙で濡《ぬ》れた笑顔を向ける。

「私……ほんの数年前までは、崖っぷちの声優だったのに……。クビになる寸前までいくような、ダメな声優だったのに……。こんな風に皆と一緒に仕事をもらえるのが嬉しくて……。私なんかには、不釣り合いなくらいの幸せだよ……！」

「アイちゃん……」

そんなことはない……！　そう俺が言おうとした直前、リンリンたちが口を開いた。

「アイちゃんはダメなんかじゃありません！　いつも必死に努力して、超人気声優に昇り詰めた、すごく立派な人ですよ！　私の目標なんですから！」

「私も、アイちゃんはすごいと思うわ。大変な時期も、諦めずに戦ったんだもの」

「えへへ……ありがとう、二人とも……。でも、私がここまでこられたのは、自分の力なんかじゃないよ……。二人が現場で、私を支えてくれたからだもん！」

彼女の言葉に、俺は初めて三人が一緒に仕事をすることになった『桃色ＬＩＰＳ』の現場を頭に思い浮かべる。

あの時二人は、なかなか上手《うま》い演技が出来ないアイちゃんを、必死にサポートしてくれた。そんな出来事があったからこそ、今のアイちゃんがあるのだろう。

「それに……私には、奏太もいたから」

「え……？」

アイちゃんが俺に向き直る。そして、顔をこちらに近づけた。

「ありがとう、奏太……。いつも私のことを支えてくれて……。あの時のプロポーズも、とっても嬉しかったから」

ちゅっ——

ほんの一瞬。柔らかいものが、唇に触れる。

一拍遅れて、俺はアイちゃんがしたことに気づいた。そして、顔が真っ赤になる。

「あ、アイちゃん⁉　新婚とはいえ、思った以上に大胆ですね……？」

「ふふっ。私たちも見ているのにね？　正直ちょっと妬《や》いちゃうわ」

ニヤニヤしながら俺たちを眺めるリンリンとネネちゃん。

しかしそんな二人を気にせずに、アイちゃんは俺を抱きしめた。

結果、俺も彼女を抱きしめる。どうしても抑えきれない、幸せな笑みを浮かべながら。

エピローグ

「舐《な》めた口利いてすんませんでしたぁ――！」

事務所の会議室の中。ソファーに座る俺たちの前で、如月《きさらぎ》さんが盛大に土下座した。

というのも、アイちゃんが『キミゾラ』のオーディションに合格したと知ったからだ。

そして彼女が「たしか如月さん、私には無理だとか色々言ってましたよねー？」「でもおかしいですねぇー？　私受かっちゃいましたよー？　マネージャーとして見る目がないんじゃないですかー？」と散々嫌みを言った結果、耐えかねて謝罪を始めたのである。

「いや、まさか本当にアイちゃんがメインヒロインを勝ち取ってくるとは……！　俺のアイちゃん評価が間違ってましたっ！　ほんと、これまですんませ――ん！」

「あ、あの～……そんな、土下座までしなくても……」

見かねた俺が、アイちゃんの隣から口を出す。

「彼女の実力を正しく評価してくれたなら、それだけでいいと思いますし……。な？　アイちゃん？　そうだよな？」

「うーん、そうだね。これくらいにしておこうかな。でも、これからは誰に対してもあんなことは言わないでくださいよ？　普通に、結構傷つくので……」

「わっかりましたー！　もう二度とあんなこと言いませーん！」

そう言い、再び頭を下げる如月さん。やや軽いノリなのが気になるが、こうして謝り始めたあたり、ちゃんと反省はしているのだろう。

「それより、これで約束通り契約は延長できますよね？　奏太《かなた》のクビも無しですよね？」

「それはもちろん！　アイちゃんはひとまず、一年間の契約更新をするからさ！　もう、すぐに契約終了とか言わないし！　奏太君も引き続き頑張ってもらうよ！」

「そうですか……ありがとうございます」

はっきりそう聞いて安心したのか、アイちゃんがホッと息を吐《つ》く。

俺自身、ものすごく安心したぜ……。これで、高校を中退せずに済みそうだ……。

「それに、今後の活動次第では、本所属になってもらうかもしれないし！　事務所のためにも、いっぱい活躍しちゃってよ！」

「分かりました……。それじゃあ、これで失礼します。台本のチェックをしたいので」

「オッケー！　頑張れアイちゃーん！　俺も応援してるからー！」

フレー！　フレー！　ア・イ・ちゃ・ん！　と、応援団のように手を振る如月さんに見送られ、俺とアイちゃんは会議室を出る。

直後、彼女がげんなりとした顔になった。

「私、やっぱりあの人苦手かも……。あの喋《しゃべ》り方とか、ちょっと腹立つよ……！」

「まあまあ……。会社の中で陰口はよそう……」

とはいえ俺も同感だなぁ。できればもう関わりたくはない。

「おや……？　奏太さんにアイちゃん、来ていたんですか？」

ふと、俺の名前を呼ぶ声がする。見ると、麻耶《まや》さんが立っていた。

「奏太さんは今日、お休みだったはずですが……もしかして、オーディションの件で？」

「はい！　受かったので、如月さんに報告しました！　これで契約も延びるそうです！」

「本当ですか……⁉　それはそれは……」

麻耶さんが俺の報告を聞いて、微《かす》かに口元を緩ませた。いつも表情を崩さない彼女が。

「よかったですね、アイちゃん。これからも引き続き、頑張ってください」

「麻耶さん……ありがとうございます！」

「奏太さんも、頑張りましたね。初のマネージャーにしては、よく働いたと思います」

「いえ、俺はそんな大したことは……。全部アイちゃんの努力の結果ですから！」

いくら俺が必死になったところで、オーディションを受けるのはアイちゃんなのだ。いい結果になったのは、彼女の努力が全てだと思う。

「ふふ……。謙虚なところも評価しましょう。しかし、大変なのはこれからですよ？」

「え……？」

「アイちゃんはこれから、少しずつ成長していくと思います。『君と見た空』はかなり注目されている作品です。色々な宣伝活動に参加したり、各種イベントに呼ばれることもあるでしょう。何より初めて重要な役を演じることで、苦労することも多いはずです。そんなときに彼女を支えてあげるのは、マネージャーである奏太さんですよ？」

「…………！」

「彼女のマネージャーを続けるのなら、その心構えをしておいた方がいいですね。もちろんアイちゃん自身も、忙しくなるのを覚悟して、これからのお仕事に臨んでください」

『は、はいっ！』

声を合わせて答える俺たち。その直後、俺の頭に疑問が浮かんだ。

「あの、麻耶さん……。あなたって、もしかして元はマネージャーをしていたんですか……？　なんだか以前から、事務員にしてはアドバイスが具体的な気がして……」

「そんなことはありません。私はしがない事務員ですよ。——昔はアイちゃんと同じように、夢を追いかけていましたがね」

「え……？　私と同じって、まさか――」

「とにかく、これからも二人三脚で頑張ってください。活躍、期待しておりますね」

頭を下げ、デスクへ戻っていく麻耶さん。俺とアイちゃんはその背中を見送った後、黙って顔を見合わせた。

※

「確かに、麻耶さんの言う通りだなぁ……」

事務所から出て、帰宅する途中。俺はついさっきの話を思い返して口を開いた。

「どうしたの……？　唐突に」

「いや……さっき麻耶さんが言った通り、これからアイちゃんは間違いなく忙しくなると思うんだよ。だから、俺もちゃんとしないとなって……」

俺はまだまだマネージャーとして不十分過ぎる。知識がなければ経験も足りない。今回だってアイちゃんを十全に支えられたかと言えば、決してできてはいないだろう。そのことをしっかりと反省し、できるだけ早くマネージャーとして彼女の役に立ちたいと思う。

「そう……？　奏太は、十分やってくれてるよ」

しかし、彼女は否定した。

「ねぇ奏太。さっき麻耶さんに言ったよね？　今回の件は、全部私の努力の結果だって」

「え、ああ……。言ったけど……」

「まずそれ、絶対間違ってるよ！　半分以上は奏太がいてくれたおかげだもん！」

人差し指をビシッと俺に向けるアイちゃん。え、なに？　俺、責められてるの……？

「私、ちゃんと知ってるんだからね？　奏太が私にチャンスを与えるために、毎日どれだけ頑張っていたのか……。色んな人に頭を下げて、私を売り込んでくれたんだよね？」

「え……？　いや、別にその程度のこと……」

「その程度なんかじゃないよー！　馬鹿なの⁉」

彼女の大声に、ビクッと体が飛び上がった。

「それが無かったら、私はそもそもオーディションを受けることすらできなかったもん！無事に受かったのも、奏太がくれたアドバイスのおかげだし！」

「いや……俺は、ファンとして思ったことを言っただけで……」

「それでも、アドバイスが役に立ったのは事実だよ？　確かに実際に演技したのは私だけど、奏太がマネージャーじゃなかったら、間違いなく私はクビになってた。だからむしろ、今回の結果はほとんど奏太のおかげだよ。私の大ファンでいてくれた、奏太の……」

「あ、アイちゃん……！」

「だから、もっと胸を張って！　奏太は、今のままで十分私を支えてるの。ね？」

優しく微笑《ほほえ》みかけてくれるアイちゃん。

大好きな声優が、俺をパートナーとして心から認めてくれている……。俺にとって、最高のご褒美《ほうび》だ……！

「なぁ、アイちゃん……。アイちゃんはこの先、どんな声優になりたいと思う？」

「え……？　いきなりどうしたの……？」

「いいから。教えてくれないか？」

重ねて聞くと、怪訝《けげん》そうにしながらも「んー……」と考え込むアイちゃん。

「私は……一番上まで行ってみたい」

「一番、上……？」

「うん。声優としての、頂点に行きたい。色々なキャラを演じたり、イベントやライブに出たりして、誰もが名前を知ってるような……そんな声優になっていきたい！　それでいずれは……人気声優大賞で主演女優賞を獲《と》りたいな！」

希望に満ちた表情で、夢を語る俺の推し。そして、少し恥ずかしそうに笑う。

「そんな感じかな……今の私の目標は！　まぁ、今の私じゃ夢物語かもしれないけどね」

「そんなことない。少なくとも、あの時より近づいているよ。俺と初めて会った時より」

思い返せば、あの時から彼女は言っていた。『人気声優大賞で主演女優賞に輝くような、そんな声優になりたい』と。

「そうかな……？　三か月前のあの時と比べて、少しは成長できたのかな……？」

「当たり前だろ！　『桃色ＬＩＰＳ』のオーディションに受かって、『キミゾラ』のメインヒロインも勝ち取った。アイちゃんはこの三か月で、最高の声優に近づいてる！」

「ほ、本当に……？　えへへ……それなら、嬉《うれ》しいな……！」

「でも、まだまだ終わらせないぞ！　アイちゃんの夢は、俺が絶対叶《かな》えさせてみせる！」

俺は周囲の人が振り向くような大声で、胸に浮かんだ決意を叫ぶ。

「え……？」

「俺が必ず、アイちゃんを有名な声優にする。マネージャーとして一生懸命勉強して、経験もどんどん積んでいって、必ずアイちゃんに主演女優賞を獲らせてみせる！　それが俺の、アイちゃんに対する恩返しだ！」

大好きな声優が俺を認めてくれた以上、俺は一番大きな形でその信頼に応えたいんだ！

「奏太……！　もう……。恩返しをするのは、むしろ私の方なのに……」

アイちゃんが呆《あき》れたようにため息を吐《つ》く。そして、俺をまっすぐ見つめて言う。

「それなら私も奏太のために、これからももっと頑張るよ！　私が捨てられそうになっていた時も、ファンとして——マネージャーとして支えてくれたあなたのために！　必死に今の仕事をこなして、オーディションにもバンバン受かって、皆《みんな》から認められてみせる！　それで絶対、トップ声優になってみせる！」

「アイちゃん……！　うん、いいぞ！　その意気だ！」

「私……二人ならきっとできる気がする！　今回みたいに、奏太が隣にいてくれれば、どんな夢でも摑《つか》める気がするの。だから……これからもよろしくね！　奏太っ！」

「ああ……！　分かった！　改めて、二人で目標を達成しよう！」

誓い合い、俺たちはまた握手を交わす。初めて出会った日のように。

——そして、それから三年後。共に歩んだ俺たちは、晴れて結婚することになった。

ああ……俺は幸せだ。本当に大好きな憧れの人と、一緒になることができたんだから。

でも、これだけで満足したりはしない。俺はこの幸せな生活を、一生守り抜いてみせる。

そして、アイちゃんと一緒にもっと大きな幸せだって摑んでみせる。

推しの人気声優との楽しい新婚生活は、まだ始まったばかりなんだから。

あとがき

皆様、お久しぶりです。もしくは初めまして。作者の浅岡旭《あさおかあきら》です。

まずは本書を手に取っていただき、誠にありがとうございます。

前作の「ちょっぴりえっちな三姉妹《さんしまい》でも、お嫁《よめ》さんにしてくれますか？」から少し間は空きましたが、こうして新しい作品を読者の方々に届けられることを、非常に嬉《うれ》しく思っております。

さて、今回の作品は見ての通り、声優さんが題材です。手に取っていただいた方ならすでになんとなく察しているかもしれませんが、「声優さんとイチャイチャしたい！」「声優さんと結婚して、可愛《かわい》らしい声やヒロインのセリフを四六時中聞かせてもらいたい！」。そんな思いが本作執筆の原動力になっております。

私自身、そこまで声優通というわけではありませんが、アニメやラノベにハマった当初から、声優さんが大好きです。憧れです。私と同じく、そういった思いを持つ方々にこの本を読んでいただいて、少しでも人気声優さんとの生活を楽しんでいただければ――もしくはこの本がきっかけで声優さんに興味を持っていただければ、とても嬉しく思います。

では、ここからは謝辞に移ろうと思います。

まずは担当編集のK様。まだアイデアが形になる前の段階から本作の立ち上げにお力添えいただき、ありがとうございました。あの数々のアドバイスが無ければ、本作が形になることはきっとなかったと思います。

イラストレーターのベコ太郎《たろう》様。可愛らしいイラストでキャラたちに命を吹き込んでいただき、ありがとうございます。イラストが届く度に、嬉しさで疲れが吹き飛びました。

また、本書の出版に関わっていただいた全ての方々。感謝の念が尽きません。この場では全ての方々に一人ずつお礼の言葉を述べることができず大変申し訳ありませんが、こうして本作を出版できるのも、皆様のご協力のおかげです。本当にありがとうございます。

そして最後に、この本を手に取ってくださった皆様。心より感謝申し上げます。私が作家として活動を続けられるのは、皆様の支えがあるからです。皆様の読書ライフをより楽しいものにできるように、これからも頑張って参ります。

それでは、また近い内にお会いできることを願っております。

二〇二一年七月某日　浅岡旭

富士見ファンタジア文庫

人気声優《にんきせいゆう》とイチャイチャして
結婚《けっこん》するラブコメ

令和3年9月20日　初版発行

著者――浅岡《あさおか》　旭《あきら》

発行者――青柳昌行

発　行――株式会社KADOKAWA
〒102-8177
東京都千代田区富士見2-13-3
0570-002-301（ナビダイヤル）

印刷所――株式会社暁印刷

製本所――本間製本株式会社

ISBN978-4-04-074251-9 C0193　◇◇◇